出版禁止

長江俊和

譯——劉愛夌

L'ASSASSIN DE CAMUS

「何以證明汝心中於吾之情愛？」

推薦序——

難題，在閱讀之後才將開展

推理評論家　路那

我雖然沒有做過正式的調查，但大體上來說，喜歡看小說的人，有很高的機率也同樣喜歡「談論小說的小說」或是「關於小說的小說」，嚴重一點，甚至在小說中看到相關場所（書店、二手書店、圖書館……）、職業（小說家、編輯、記者……）時，也會不由自主地覺得有些興奮——

愛。偶爾腦內啡滿出來的時候，我甚至會有這種錯覺。

推己及人的結果，就是在看到這類小說時，會一直不停地向朋友推薦，看看嘛看看嘛，與「書」有關的書，就像象牙球中的象牙球，即便雕刻並不精細，但總帶著一種巧奪天工的氣息。

理所當然地，當我接到編輯的邀稿信，看到「出版禁止」這個書名時，心中著實眼睛一亮——是以「被禁止出版」為主題的小說吧！這絕對是我會有興趣的小說啊！到底是什麼內容、在什麼時候被「禁止出版」了呢？在又期待又怕受傷害的心情下，我開始閱讀本書。

小說不意外地採取了「書中書」的形式，也就是由「長江俊和」講述如何取得散文家「若橋吳成」針對頗富爭議的紀錄片導演熊切敏與其秘書情人的殉情事件所寫出的報導文學稿件《卡謬的刺客》，接著讓讀者直接閱讀「若橋吳成」的採訪手稿。若橋吳成作為熊切敏的粉絲，某個程度上無法接受偶像最後居然死於殉情。在這樣的基礎點上，他接受了一件委託，即在事件發生七年之後，查出熊切敏死亡的真相。對若橋來說，幸運的是，他的努力打動了殉情事件的生還者。情婦新藤七緒同意接受他的採訪——大概是這樣的一個故事。

說起來，看到一半的時候，我因為手稿中若橋幾近偏執地認定熊切敏並非自殺，因而異常詳盡地探求每一種新藤七緒可能進行的謀殺方式而感到頗為無趣，甚至腹誹起日本人的「精準個性」。儘管如此，「想知道真相！」的心情，還是壓過了「啊啊這傢伙根本是偏執狂嘛！」的厭煩。這時，或許是呆伯特大神聽到我的呼喚，逆轉了莫非定律，就在我腹誹過後沒多久，譯者細心的譯註，彷彿一顆原子彈般，把我炸的七暈八素——「原來是這樣的小說啊！」看完稿子，在腦海裡又過一遍劇情之後，赫然發覺那一切讓人厭煩的偏執，竟有更深層的原因。

「藏的不錯呢！」反覆看了幾回後，最終得到這樣的感想。事實上，這也是長江俊和最為人稱道的功力之所在。擁有導演、編劇與作家的多重身分，長江俊和的代表作，是由不定時的深夜連續劇《放送禁止》打頭的「□□禁止」系列。而若是看過《放送禁止》，則會對《出版禁止》的卷頭語感到無比的熟悉：《出版禁止》是「寫了但無法出版的作品」，同樣地，「放送禁止」就是「拍攝了但無法播出的節目」。什麼樣的因素，讓已經製作完成的影片無法播出？「放送禁止」將此作為一個「揭底式」綜藝節目的起始，在看似普通的綜藝節目底下，利用畫面的細節（比如人物、景物或事物的場景安排）暗示觀眾一個與表面的綜藝敘述大不相同的「隱線故事」。有意思的是，此隱線故事並非由節目製作者指出，而是必須經由觀者的拆解與再製才得以生成。換言之，若將「放送禁止」視為一謎題，則節目實際上懸置了「解謎」的部分——事實上，或許連「謎面」這部分都隱藏了——觀眾在閱聽之後，若不覺得有什麼「不對」，那麼也就是一次普通的綜藝節目閱聽經驗。然而若覺得有什麼「不對」，則閱聽後的自我思考與社群討論，帶出了「謎面」（為什麼這個節目「禁止播放」？）後，「解謎」的歷程才正要開始。同時，由於此一隱線故事被置於「禁止播送」的標題底下，隱線故事作為謎底的「真實性」也就因此得到了保證。這樣虛實相間的手法，正好也就是「作中作」最為迷人的魅力之所在——

頭暈目眩。那是我看完《放送禁止》劇場版第二集〈日本的大家庭〉之後的第一感想。作為一個日綜的愛好者，有說不清的週末下午我把自己種在沙發裡看著它們，對於「我家小孩有夠多！大家族奮鬥記」這類節目的流程自然是爛熟於心，但從未將這類節目與推理、驚悚或恐怖聯想在一起——但家庭中其實從來不缺乏暗流、陰影與暴力。而在看完長江俊和的版本後，我覺得我再也回不去了……從此或許難以正視「大家族奮鬥記」裡面那些彼此扶持的大家族，而不去猜想家族背後是否也有一樣龐大的陰影。

文章寫到這裡，不曉得是否讓你也開始有點好奇了呢？關於在規範的背面，到底藏著什麼樣只能埋葬於傳媒之外的事件？在文字的內面，到底藏著什麼樣難以言說的經驗？

真實與虛構，彼此之間存在著什麼樣既相依又競爭，既叢生又獨存的結構？難題，在閱／聽之後，才將開展……

目次

序——長江俊和

會拿到這份稿子，一切得從一位在製作公司上班的友人說起。

「我這有一份被禁止刊登的報導文學，這份稿子在出版業私下引發很大的話題，你想看嗎？」

這位友人常把新人文學獎的參賽作品，又或是未上市的報導文學拿給我看，詢問我的感想，但禁止刊登的作品？這倒是頭一次。

「我滿有興趣的，給我吧。」

幾天後，他將原稿列印出來，用黑色長尾夾固定成冊送到我家。

稿量約為一百五十張Ａ４紙，換算成四百字稿紙的話，大約是四百張左右的份量。作者名叫若橋吳成（わかはしくれなり），採訪從二〇〇九年十一月開始，為期四個月。那位友人告訴我，這份稿子原本要在綜合月刊上連載，但因為某些原因取消了。

稿子裡到底寫了什麼？又為什麼會被禁止刊登？我抱著「解禁」的心情翻開了封面。

很多情況都可能導致作品禁賣，又或是讓出版社決定取消刊登。

戰前日本《出版法》規定，書籍文宣出版前必須先經過政府審核，若政府認為「內容不當」便不得上市。直到戰後，日本憲法第二十一條「表現自由」撤銷國家審核出版物的公權力，日本政府才無法再干預出版。

不過，根據刑法第一百七十五條，政府有權查扣疑似違反公共秩序、破壞善良風俗的出版物作為證物。若經查屬實，並確定判刑之後，作品將全數沒收，形同禁賣。

除了法律上的原因，如果出版的過程發生了問題，出版社也會自行終止刊登的計畫。

當然，這種事並不常見，畢竟出版是很花錢的，無論是送印後發現錯誤暫停印刷，還是上市後發現問題全數回收，對出版社而言都是莫大的損失。為了避免這類風險，出版社在原稿、校樣階段通常會非常仔細檢查。

然而，如果作品有以下問題，還是有可能無法上市又或是緊急回收。

①過去已有明顯類似的作品或文章。

②採訪對象或小說角色原型強烈希望作品不要出版。

③書中對特定疾病、人種的敘述描寫易引發讀者誤會。

①也就是所謂的抄襲問題。這種情形通常是作者刻意隱瞞抄襲行為，而編輯、工作人員在不知情的情況下將稿子出版上市，遭讀者、原作者指控後，事情才曝光。

②是人權問題。一般是因為書中內容嚴重侵犯到採訪對象（或是小說角色原型）的隱私，許多人甚至因此一狀告上法庭。

③則是歧視問題。昭和五〇年代前（一九七五年前）常有作品因帶有歧視性的描述而被迫取消出版，但近年來出版社學乖了，對這方面變得相當謹慎，此類案例也逐漸減少。

無論出版前再怎麼仔細校對，還是有可能因為突發狀況而被迫禁賣。

然而，對週刊雜誌而言，「撤稿」卻是家常便飯。雜誌編輯在原稿、校正階段若發現內容有問題，就會直接撤下報導，因此，很多新聞都在你我不知不覺中石沉大海。

其中又以八卦新聞的撤稿率最高。雜誌社拿到新聞後會繼續挖內幕，若發現消息可信度不夠、資料不足，又或是可能引發社會不良觀感，編輯通常都會選擇取消刊登。

有些撤稿的理由非常特別。

二〇一一年十二月，美國政府要求英、美兩家科學雜誌撤掉一篇日、荷科學家共著的「禽流感」研究論文。

美國的理由是，該論文有可能被恐怖份子惡用製成生化武器（不過之後在世界衛生組織＝WHO的要求下，雜誌社還是刊登了完整論文）。

我手上的這篇稿子基本上已經完成了。雖然編輯部已在前期雜誌上發了預告，但後來還是毅然決然取消了刊登。

這篇稿子採訪的，是幾年前在媒體界引起軒然大波的一個社會新聞。

作者若橋吳成是一九七五年生於富山縣的一位散文作家。

為什麼這篇作品會被「禁止刊登」呢？不同於前述原因，它被撤稿的理由非常特別。

至於到底為什麼，我們之後再做詳述。

讀完這份稿子後，我全身顫抖不已。我從未看過這樣的報導文學，這裡面寫的內容是真的嗎……說實在話，我有些半信半疑。

為了確認真偽，我透過給我這份稿子的友人，聯絡上原本要刊登該文的雜誌社編輯部，向他們確認來龍去脈後，又繼續追查內幕。最後終於確定，裡面寫的百分之百都是「事實」。

不知不覺中，這部作品像在我心中扎了根一般，令人日思夜想、魂牽夢縈，我不能讓它就此石沉大海。

於是我開始著手出版這份稿件。

耗費四年以上的歲月，我終於取得所有相關人士的同意，讓作品得以上市。

作品中有一些不適當的字詞表現，但基於尊重作者的原意並未修改。

文中登場的主要採訪對象皆按原稿使用假名，並省略部分敬稱。

二〇一四年八月某日　長江俊和

卡繆的刺客

若橋吳成

▼二〇〇九年十一月四日（星期三）

為什麼日文會將男女殉情稱為「心中」呢？

近松門左衛門是日本江戶元祿時期[1]的淨琉璃、歌舞伎[2]劇作家，同時也是《曾根崎心中》[3]、《心中天網島》等知名劇作的作者，他的初期代表作《傾城佛之原》中有這麼一個段子——

「何以證明汝心中於吾之情愛」「吾斷指以證之」

（如何證明你心中對我的愛慕之情？）（我切斷手指向你證明。）

古時陷入愛戀的男女會將對方的名字刺在自己的身上，又或是切除身體的一部分，頭髮、指甲，甚至是手指，向對方證明僅存於自己「心中」、肉眼看不到的戀慕之情。

這樣的行為稱作「心中定情」，其中又以「相守以死，至死不渝」為最高境界，因此日本人才會將「殉情」稱作「心中」。

死生契闊，與子成說。

寧願捨棄性命也要證明彼此愛意的狂亂戀情——當情深至此，人的心中到底是什麼模樣呢？

說來可惜，過去我從未談過「相守以死」的戀愛。雖說青春期也曾和女孩愛得「死去活來」，但誠如你所見，我並沒有殉情。

我想各位讀者當中，大概沒有人對「相守以死」這件事無條件地產生共鳴吧？事實上，這個時代願意以「死」證明彼此相愛的人可說是少之又少，即使能夠理解為愛赴死的心情，但能否付諸實行又是另外一回事了。

相對的，「心中」這個詞彙卻被現代社會廣泛運用。報章雜誌常以各式「心中」為標題，像是「一家心中」（全家集體自殺）、「無理心中」（同歸於盡）、「心中未遂」（集體尋死未遂）等等，不勝枚舉。

不過，現代的「心中」意思已不同於元祿時期。

「心中」原本是指「以死明愛」的行為，現在卻演變成「帶著某人一起自

1. 日本年號之一，指一六八八年至一七〇三年期間。
2. 淨琉璃、歌舞伎皆為日本傳統技藝。
3. 改編自真實殉情事件的戲劇作品，中文多譯為《曾根崎情死》、《曾根崎殉情》。

殺」之意。

從以下報導便可看出端倪。

二日凌晨四點多，有民眾在埼玉縣國宅前發現一對男女倒臥路旁，報警後男女仍回天乏術，雙雙死亡。據埼玉縣警方調查，死亡的是一對男女朋友，分別為Y市的專校男學生（十八歲），和住在草加市的無業女性（十八歲）。

兩人上月才從同所縣立高中畢業，幾天前曾透過手機簡訊互訴前途渺茫。事發當時，兩人用梯子從國宅十樓爬到屋頂，隨後從離地面約二十八公尺高的屋頂一躍而下。埼玉縣警察正以心中案方向展開調查。

這是二〇〇四年的一篇新聞報導，一對年輕男女為了「前途渺茫」這種含糊的理由決定結束自己的生命。該報導雖以「心中」稱呼二人的死亡，但從中卻絲毫無法感受到古時「心中」所包含的那份愛與情意。

此外，「網路心中」是日本二〇〇〇年中旬出現的社會現象。人們在自殺網站上尋求想自殺的網友，舉辦「自殺網聚」，約出來集體自殺。

這些人不知道對方的本名，對彼此的生平更是一無所知，他們在網路上相識，以網路代號稱呼彼此，初次見面就是約出來集體自殺的那一天。根據日本警方公布的資料，光二○○五年就發生了三十四起網路心中事件，死亡人數高達九十一人。

對現代人而言，「心中」早已不是證明愛情的行為。話說回來，在現在缺乏溝通、疏於交流的生活模式下，我們早已無法為了愛奮不顧身，與情人共赴黃泉。

隨著手機和網路的普及，我們的社會生活已產生很大的變化，心理狀態也大不如前。但我不禁想，難道在如今這個社會，古時的「心中」已不復存在了嗎？相守以死……這樣的愛情是否已從現實生活絕跡，隱身至小說世界了呢？

抱著這樣的疑問，那天，我初次見到了她。

從上野搭上快車，經過約一個小時的車程，我於中午十二點二十三分到達水戶站。

這是我第一次來到水戶，離約好的下午兩點還有一個半小時。

我爬上月台樓梯，從二樓的自動驗票口出站。驗票口外是車站二樓，偌大的車站大廳裡店家林立，有來自國外的連鎖咖啡廳，也有西點店。

車站外有通往百貨公司和巴士總站的徒步區，水戶黃門[4]和兩個手下阿助、阿格的青銅像在路邊迎接我。我在徒步區上逛了一下，雖說是午休時間，路上卻出乎意料沒什麼人。

下樓梯離開徒步區，我沿著國道五十號往北前進，大約走了五分鐘後到達目的地。

那是一家充滿復古風格的咖啡廳，紅磚外壁爬滿了藤蔓，門口掛著古樸的招牌，上面用仿舊字體寫著「哥斯大黎加」、「巴哈馬」等幾種咖啡豆的種類和產地，看來是家正統的咖啡專賣店。

看看手錶，指針剛過十二點四十分，離約好的時間還有一個小時以上。於是我決定到附近走走，殺殺時間。

下午一點三十五分回到咖啡廳，一打開店門，門鈴叮鈴作響的同時，一股濃郁的咖啡香撲鼻而來。店內共有七桌，裝潢和店外一樣復古，處處可見仿舊裝飾。很幸運地，當天沒什麼客人，只有一個沉浸於漫畫雜誌的男性上班族，以及三個聊得忘我的中年女性。看來她還沒到。

我向店員交代之後還有一個朋友要來，隨後選了一個離其他客人最遠的位置坐下，點了「本日推薦」的衣索比亞咖啡。

說實在話，此刻我仍半信半疑。

當時我熱切希望能夠採訪到某位女性，她是一樁重大案件的當事人，該案曾在社會上引發軒然大波。我無論如何都想和她見上一面，向她詢問案件詳情。

邀訪過程可說是困難重重。自案件發生後，那位女性便拒媒體於千里之外，不願接受任何採訪。我透過關係要到她的電子郵件，寄了無數封邀訪函給她，但她僅回過一次信，表明自己沒有受訪的意願。

我不想就此放棄，我想要和她見面。不，無論如何我都必須見到她。「妳是否能重新考慮受訪的事呢？」「如果不想受訪，只是見個面、聊個天也可以。」在那之後我不厭其煩繼續寫信給她，祈禱她有天能點頭答應，但每封信都是石沉大海，有去無回。

自寄出第一封邀訪函已過了兩年的時間，連我都覺得自己未免太纏人了，所以約在十天前，我抱著「最後一次」的心情寫信給她，說自己仍在調查該案件，想要聽聽相關人士的說法，希望她能接受我的採訪。沒想到……

我竟然收到了第二封回信，上面寫著「見面詳談」。整整兩年，令我朝思暮

4. 日本歷史人物，水戶藩第二任藩主德川光圀的別名，其故事多次被拍成電影、電視劇。

想、魂牽夢縈的兩年，今日終於要在水戶得償所願。

我無法抑制自己雷鳴般的心跳。

畢竟，「見面詳談」不代表她願意接受採訪，也有可能是想當面拒絕我，「你的行為已造成我的困擾，請不要再寄信給我了」。

但無論如何，我終於得以見到她本人，發生於七年前，那個毛骨悚然案件的親身經歷者。至今有多少媒體試著和她接洽都吃了閉門羹，而這樣的她即將要出現在我面前，要我如何心如止水？

案發當時，相關消息立刻占據各大報章雜誌版面；打開電視，新聞性談話節目無一不在熱烈討論。然而，直到七年後的今天，該案的真相仍撲朔迷離，媒體也不再提隻字片語。

約於數年前，我在友人的委託下開始調查這個案子。一方面也是因為我自己對這個案件非常感興趣，這一點請容我之後詳述。我先是詳讀了當時的報導、相關書籍，想辦法約訪相關人士。但後來我發現，光是這樣並無法查明案件本質。

當時到底發生了什麼事？我想要聽聽看當事人的「親身說法」。這件案子至今仍真相未明，我想要親耳聽她闡述事情的來龍去脈。漸漸地，我產生了一種想法，若沒有採訪到她，我絕對無法完成這篇報導文學。

而這一天終於來臨了。

她真的會赴約嗎？

雖然已來到相約地點，約定的時間也快到了，我卻無法相信她真的會來。

寫報導文學這麼多年，常有受訪者在當天臨時取消採訪。她有十二分的可能性會臨時反悔，而我也作好了被放鴿子的心理準備……

但最後事實證明，一切都只是我的杞人憂天。

「請問您是□□（※作者本名）先生嗎？」

下午一點五十分——離約定的時間還有十分鐘，一位穿著深藍色外套的女性向我搭話。

我抬頭一看，她的膚色蒼白，臉上掛著不自在的表情，細長的雙眼令人印象深刻。我突然感到一股莫名的慌亂，下意識地起身回道「是的」。她報上了姓名，表示自己就是和我約在這裡的人。

「請坐，我正在等您呢。」

聽到我這麼說，她不改僵硬表情，只輕輕點頭示意說了聲「不好意思」，脫下外套坐在對面的位子上。

她臉上沒化什麼妝，給人的感覺相當樸素，但無庸置疑地，絕對算得上是個美人。

她穿著一襲米色襯衫，外面套了件開襟灰色毛衣，烏黑的秀髮紮成一束馬尾。皮膚白皙，直挺的鼻梁下是形狀姣好的雙唇。照理說，她應該已經三十四歲了，雖然淡妝素裹，看起來卻比實際年齡年輕，說只有二十幾歲也說得過去。

明明約這家咖啡專賣店的人是她，但服務生來點餐時，她卻沒看菜單就點了檸檬茶，令人有些期待落空。

「這家店好找嗎？」

「不難找，我先在網路上查過位置了。」

「這樣啊……不好意思，讓您專門到水戶一趟。」

「不會不會，是我有求於您，跑這一趟是應該的。您住在這附近嗎？」

「對。」

她垂下雙眼，像逃避什麼似的拿起杯子喝了口水。我本想不經意地打聽她的住處，看來是失敗了。

我遞了張名片給她，再次向她自我介紹。她默默接過名片，看都不看就放在桌角。

喝了一口咖啡，我偷偷地觀察她。

她的眼睛是俗稱的三白眼[5]，眼梢細長，部分眼眸藏在上眼瞼之下。那眼光彷彿能看透人心，令人有些不知所措。

我放下咖啡杯說道：「謝謝您特地抽空和我見面。」

「嗯……那個，我有件事想請問你……你怎麼會有我的電子郵件地址？」

「我的一個雜誌記者朋友曾採訪過這個案件，聽說他知道妳的聯絡方式，就請他告訴我了。」

「……原來如此。」

她看似有些受到打擊，垂下雙眼，不再開口說話。

本想要跟她解釋，不巧這時服務生送了檸檬茶過來，好不容易等服務生走開後，我趕緊說：「抱歉，一般記者之間是不會交換這類資訊的，基於保密義務，我們通常不會把採訪對象的聯絡方式洩漏給外人知道，是我一直拜託他，他禁不住請求才給我的。」

這是事實。當時我處心積慮想要取得她的聯絡方式，甚至還塞紅包給那位記者，才順利拿到電子郵件地址。

5. 黑眼珠較靠上或靠下，看上去三方眼白很多，故稱三白眼。

「我想和妳見面，無論如何都想跟妳當面一談。」

她依然沉默不語，只是看著手上的茶杯。我理了一下情緒，準備進入正題。

「雖然之前已經在電子郵件中跟妳說過了，但我還是想要重新向妳說明一次這次採訪的目的。」

「在這個人際關係越來越稀薄的年代，我想要報導妳曾體驗過的『異常戀愛形式』，藉此警醒現代日本人。」我真誠地向她述說這次報導的主題，以及自己的想法。

一鼓作氣說完後，我啜飲一口已經涼掉的咖啡，讓獨特的苦味蔓延至喉嚨深處。而坐在對面的她，始終沒有抬起頭來。

就在那一瞬間，她美麗的雙唇微動。

「那件事情已經被大家遺忘了吧，就算我現在說出來龍去脈，也不會有人想看的。」

「沒那回事。至今妳一直保持沉默，杜絕所有媒體採訪，這正是這篇報導的價值所在。而且這個案件……啊，不好意思，請容我稱它為案件，這個案件至今仍鮮明地留在人們的記憶當中。有段時間，妳曾因為媒體的毀謗而感到很受傷吧？」

我停頓一下，觀察她的反應。

她依舊保持沉默。我繼續說道：「妳之所以避世而居想必也是為了這個原因。但是，事情到現在已經過了七年，若之前媒體有什麼不實報導，這次採訪正是妳為自己辯駁的好時機不是嗎……」

她依然無言以對，似乎不打算回答我的問題。

「我也不想要給妳添麻煩。我只是想了解事情發生時，妳的感受、妳最真實的情緒，然後將只有妳知道的真相報導給世人知道。」

「……說實在話，我不太記得了。」

「沒關係，妳只要說出記得的部分就行了。」

「我真的已經忘得一乾二淨，乾淨到連我自己都感到不敢置信的地步……真的很抱歉。」

「片段記憶也可以，就算只是說妳不太記得也沒關係，只希望妳能答應這次的採訪。」

面對我的咄咄逼人，她顯得有些不耐煩。她將垂在臉前的頭髮勾到耳後，緊接著又是一片沉默。我是不是惹她不高興了？

過了一陣，她低語般地緩緩開口：「你們媒體都這樣嗎？」

「……妳是說，死纏爛打，是嗎？」

「……對。」

「不好意思。」

她並沒有看我，只是靜靜拿起茶杯，喝了一口紅茶。

「我是不知道其他記者如何，但我只追自己有興趣的案子。而且，這是我第一次這麼努力說服別人受訪。」

「這是你的慣用說詞吧。」

「不，這真的是第一次，我是在放手一搏。」

「看不出來。」

她失神般地輕輕嘆了口氣，盯著不再冒煙的茶杯良久，徐徐開口道：「你打算寫什麼樣的報導？」

「整篇報導將以妳的採訪為中心，連載在一家綜合月刊上。我在電子郵件裡也說過，我會將其他相關人士的證詞也一起寫進報導裡，盡可能客觀地檢驗事情的真相。」

「隱私問題呢？真名曝光我會很傷腦筋。」

「妳可以用假名。」

「你能保證絕不讓我的身分曝光嗎……我是不會答應刊登照片的。」

「當然，我會做好所有的隱私保護措施，絕不讓妳的身分曝光。」

說老實話，不能將她美麗的容顏介紹給讀者實在可惜，但竟然她本人都這麼說了，總不能趕鴨子上架。我早就料到她不願曝光照片和姓名，總之，先讓她答應受訪才是最重要的。

她肯主動提問是好徵兆。如果無意受訪，自然也不會考慮到隱私問題。

就我自己的經驗而言，只要對方肯出來碰面，基本上就一定會答應採訪。一個巴掌拍不響，如果她真的毫無受訪之意，又何必回我的信？

還差一點，就差最後一步，她就是我的囊中物。

於是我使出渾身解數給她「最後一擊」。

「在報導中我會幫妳做好萬全的隱私保護措施，絕不讓妳的真實姓名和長相曝光。這個案件是日本特有的毀滅美學的具體體現，現在社會已失去了對愛情的認知，我希望能夠做些什麼來警醒世人，讓他們發現自己的問題所在。要達到這個目的，我一定要採訪妳。身為一個報導文學作家，這次的報導可說是我人生的必將成就，我一定會全力以赴。」

她仍然不肯正眼瞧我。但能說的我都說了，過了一會兒，她悠悠地開口：

「……我知道了。」

勝券在握，她已逃不出我的手掌心……

但聽到她接下來說的話，我才發現自己得意得太早了。

「雖然有點難以啟齒……但，我還是無法答應這次的採訪。一方面是因為我不想再回憶起那件事，一方面，也許這麼說會讓人不高興，但是……」

她停頓了一下，一字一句清晰地說道：「我……並不想悔過。」

「不想悔過？」

「我們的行為天理不容，遭受世人指指點點也是無可厚非。但是……直到現在我仍不覺得自己有錯，我不想將那件事視為一個錯誤……讀者最想看到的，應該是我在報導中反省認錯吧？但如果我認錯，等於是否定了七年前的行為，我不想要那樣。」

「我並沒有要妳反省的意思。」

「但如果我在受訪時表示『我不想悔過』，一定會有人因此而受傷吧。就是因為這個原因，一直以來我才不肯接受媒體採訪。」

她垂著雙眼說完。

說得我無語反駁。

「我想將這件事情永遠埋藏在我的心中，還請你諒解。」

語畢，她緩緩地抬起頭來，用暗藏憂鬱的三白眼眸凝視著我。

那一瞬間我彷彿就要被吸入其中，同時也意識到自己已被狠狠拒絕的事實。

果然我還是太天真了。

一敗塗地。

不知如何是好的我，茫然地拿起手中的咖啡杯，打算喝完最後一小口衣索比亞咖啡。

就在這時，她小聲地說道：「剛才說的，是我赴約前的想法。」

杯子還來不及離口，我驚訝地看著她。

她像是逃避我的視線一般低下頭，看著桌子說：「見到□□先生你後，我的內心開始動搖。」

「……什麼意思？」

「就像我剛才說的，我本來打算將那件事一輩子封印在內心深處。但是，今天聽完你說的話後，我有了新的想法。」

她停頓了一會兒，沒有繼續說下去。

我吞了一口口水，靜靜地等待她再度開口。

「也許……把真相說出來，會有什麼價值。」

她低頭繼續說：「我的時間在七年前就停止了，我覺得，這也許是讓時間繼續前進的好機會。」

她緩緩抬起頭，眼神直直地瞅著我。

「所以……我改變心意了，我願意接受採訪。」

聽到她這麼說，不知為何我卻有點高興不起來。

胸口有股莫名的情感正在萌芽——

那是一種千方百計打動意中人，追到手後卻莫名鬱鬱寡歡的虛脫感。

就這樣，我開始採訪七年前那個令世間譁然的案件當事人，歷經「心中」卻活下來的女性——新藤七緒（しんどうななお）（假名）。

▼二〇〇九年十一月五日（星期四）

在「不公開真實姓名、不露臉」的條件下，新藤七緒終於答應受訪。

我迫不及待地向雜誌編輯回報這個好消息。

編輯聽到後難掩興奮，直說他會馬上召開緊急編輯會議。雖說企劃案尚未正式成立，但難得拿到「熊切敏（くまきりさとし）殉情案」的情婦，同時也是事件生還者的採訪權，豈有放生的道理？

我則在家中複習之前蒐集的資料，重讀當時的新聞雜誌報導，擬定今後的採訪計畫和報導方式。我預計用「採訪日記」的形式，以日期分章節寫作。

昨天說服新藤七緒受訪後，我和她繼續聊了約莫二十分鐘才離開水戶。

原本我打算就地採訪的，畢竟夜長夢多，難保她之後不會改變心意。但她卻告訴我，她需要一些時間整理心情，希望能另約時間。商量過後，我們將訪問訂在一週後的十一月十二日星期四。

聊天過程中，我得知她目前住在水戶市近郊的老家，以打工維生，沒有固定工作，並取得了她的手機號碼。

我想有必要先向各位介紹新藤七緒所涉的案子。

七年前，「熊切敏殉情案」鬧得沸沸揚揚，不僅占據了新聞雜誌版面，也是各大新聞談話節目熱烈討論的話題。年輕一輩的讀者對這個案子應該較為陌生，但相信各位讀者當中一定還有人記憶猶新吧？然而，大多數人雖然聽過這個案子，對詳細案情卻是一無所知。

因此，我先帶大家「複習」一下該案件。

＊ ＊ ＊

二〇〇二年十月十七日早晨，一對男女被人發現昏迷在山梨縣Ｏ鎮的出租別墅內，男性經緊急送醫搶救後仍不治死亡。據悉，兩人皆服用了大量安眠藥，司法解剖結果顯示，男性死因為服食過量安眠藥導致的循環不全，進而引發呼吸衰竭。女性則在送醫後恢復意識，保住一命。

男性死者為紀錄片導演熊切敏（當時四十二歲），生還女性則是熊切的秘書兼情婦新藤七緒（當時二十七歲）。

熊切原是一家民營電視台的紀實節目編導，於九〇年代拍過多部紀錄片傑作。一九九七年離開電視台後，熊切仍不斷推出新作，引發廣大討論。一九九九年，他以《死槌》一片討論世界能源問題，揭露各國能源的利益糾葛，戳破大企業不為人知的黑暗面，並以該片榮獲荷蘭阿姆斯特丹國際紀錄片影展的特別獎。

《死槌》上映的那年，他和女演員永津佐和子（ながつさわこ）（當時三十三歲）結婚。這件事雖是私事，卻被媒體拿來大作文章。

佐和子十九歲就擔任美日合拍的強檔鉅片女配角，之後她靠著美麗的容貌與精湛的演技，接連演出多部電視劇和電影女主角，演藝事業不斷創新高。

熊切曾幫電視節目拍攝佐和子的貼身採訪紀錄，兩人因此有了進一步交往。他們是外人眼中的模範夫妻，打開談話節目、翻開女性週刊，常能見到他們琴瑟和鳴的恩愛模樣。當初誰也沒想到，這樣的一對夫妻，居然會以熊切外遇殉情作結。

熊切是影像製作公司「熊切娛樂公司」的董事長，該公司的製作人森角啟二（もりかくけいじ）（假名）是案發當日發現兩人昏迷在山莊裡的目擊者。

據森角表示，二〇〇二年十月十六日他接到佐和子的聯絡，說熊切傳來的簡訊很不對勁，似乎有自殺之意，於是他立刻趕到位於目黑的熊切家。

事實上，當時熊切已有好幾天沒進公司，就連森角也聯絡不到他，如果熊切的簡訊內容為真，他一定要想辦法阻止悲劇發生。然而，簡訊並未寫明熊切身在何處，手機也已關機，森角只能和同事合力尋找熊切的下落。他們去了所有熊切有可能去的地方，但始終沒有找到人。

翌晨，森角想到熊切常到山梨縣Ｏ鎮的出租別墅寫稿，便隻身前往查看。

森角的預感成真了，他在山莊裡找到失去意識的熊切和新藤七緒，兩人身旁散落著喝掉三分之一的一百八十毫升燒酒瓶和酒杯，以及大量的安眠藥袋及鋁箔包裝。森角馬上打電話報警叫救護車，將兩人送至附近的醫院急救。

警察在案發現場搜出熊切的親筆遺書，以及錄有兩人殉情全程的影帶。

八小時後的下午五點多，熊切呼吸停止，正式宣布死亡。

三天後的十月二十日，新藤七緒從昏迷中甦醒。

隔天二十一日，新藤七緒的狀態趨於穩定後，警方開始對她偵訊。一開始新藤七緒什麼都不肯說，直到警方告知已扣留別墅內的遺書和影帶，她才承認自己和熊切外遇已達一年之久，並從很久之前就和熊切策劃一起殉情。

無論是別墅裡的證據，還是新藤七緒的證詞，在在都顯示熊切有明確的「自殺意願」。因此，警察斷定這是一起殉情案，並未以刑事案件送辦。

新藤七緒約在案發一年前進入熊切娛樂公司，在大家眼中，她是能幹的美女秘書。然而她卻跨越男女的那條線，和熊切陷入外遇的溫柔鄉。

為什麼熊切和新藤會決定一起「心中」呢？

別墅裡到底發生了什麼事？

熊切是知名女星的丈夫，又是炙手可熱的電影導演，可想而知，他的外遇心中事件肯定被媒體拿來大作文章。以下是當時的一篇雜誌報導：

〈驚爆！與愛共赴黃泉!!獨家揭露永津佐和子之夫——「天才」紀錄片導演熊切敏的親筆遺書!!揭開神秘的外遇殉情真相?!〉

本月十七日，導演熊切敏來到秀峰南阿爾卑斯山附近的別墅區，在別墅內自我結束生命。

有多部傑作問世的知名紀錄片導演、女星永津佐和子（三十六歲）之夫——熊切敏突如其來的死訊震驚了日本全國，更令人錯愕的是，他是以「心中」的方式了結自己的性命，且對象竟是秘書A小姐（二十七歲）。

是的，你沒看錯，熊切不僅外遇，還以殉情作為這場外遇的句點，這無疑是對妻子永津佐和子的背叛行為。

和熊切一同尋死的，是他的秘書兼情婦A小姐，因A小姐目前仍在住院，至截稿前記者無法取得她的聯繫。本刊透過某個獨家管道拿到熊切的親筆遺書，以下為遺書全文——

「我不打算寫尋死的理由。因為無論身處何世，人之將死都不需任何理由。」

簇新的純白信紙配上熊切平時愛用的鋼筆筆跡，字字刀頭燕尾，筆鋒勁利。

據說熊切和摯愛的女性一同踏上不歸路時，這封信就放在他的身旁。

「悖逆天意，我們決定自我了結性命。

我們只是深愛著彼此，她為我所著迷，我為※※（指A小姐）而沉醉，僅此而已。和相愛的戀人一同離世是何等的愉快，這是自然的真理，也是理所當然的事情。

我與她一次又一次地不斷交合，然而，無論我們如何情深意濃，互訴情衷，即使翻雲覆雨時幾乎要融入彼此的身體裡，我卻還是看不到。看不到什麼？心……

我想親眼看看，人心中的模樣。

僅此而已。

我知道這麼做會給周遭的人帶來多大的麻煩，但我倆決心已不容動搖。就算要和全世界為敵，我仍要與愛共赴黃泉。

就有如誤闖沙漠而死的無名螻蟻，又或是極盡繁華而亡的古老巨城，我不過是依循自然真理，腐朽而終罷了。

熊切敏」

「悖逆天意」、「與愛共赴黃泉」。

留下這些遺言，熊切為自己的人生畫下休止符，成了不歸之人。

警方在案發別墅中找到錄有殉情全程的影帶。本刊曾與警方交涉，希望能為讀者取得該影片，卻被他們以「家屬不願對外公開」為由回絕。

本案第一個發現者是隸屬於「熊切娛樂公司」的M製作人。他回憶起當時的情形——

「一進到山莊，我馬上發現情況有異。桌上有大片嘔吐物以及大量安眠藥包裝。我在內部的日式房間找到緊緊相擁而眠的兩人，怎麼搖都叫不醒。我心想大事不妙，立刻打電話叫救護車。」

雖有M製作人的即時相救，卻為時已晚，熊切仍在醫院撒手人寰。

到底是什麼原因造成這場外遇悲劇，將兩人送向殉情之路呢？

對妻子的背叛，不被祝福的感情——是否才是將熊切逼上絕路的主因？

國外新聞專家兼媒體評論家唐澤悟對此表示：

「熊切雖然本身是影像工作者，卻不斷在『摧毀』紀錄片。他的作品既激進又帶有攻擊性，是紀錄片界的革命先鋒，其表現手法隱藏著可能引發社會變革的驚人潛力。近期，很多國外評論家好不容易才注意到熊切的才能，可惜啊，真是太可惜了！我只能說，熊切的死對紀錄片界無疑是一大損失。」

那麼，熊切的妻子——永津佐和子現在心情又是如何呢？

本刊曾向永津的經紀公司邀訪，無奈只獲得這樣的回應：「因事發突然，我的心情還很亂，因此無可奉告。」

女星永津佐和子因熊切的背叛而成了寡婦。曾經如膠似漆的愛人，如今卻和情婦殉情而死，不知永津佐和子現在是以何種心情獨守空閨呢？

案發當時，幾乎所有媒體都像這家雜誌一樣，視此案為一樁「外遇殉情」，將重點放在天才導演和秘書的不倫之戀，兩人如何走上殉情之路，遭受背叛的知名女星又有何反應……等等。

不過，也有媒體認為案情並不單純。部分週刊、晚報臆測熊切並非死於殉情，而是被人所殺害。報導一出，震驚社會。

的確，熊切拍攝的紀錄片將許多社會的黑暗面赤裸裸地呈現在觀眾面前，樹敵眾多也是無可厚非。

他的作品皆以真實人物、團體醜聞為拍攝主題，攻擊砲火猛烈，毫不留情。他在《死槌》中譴責世界各國的一流企業；以《日出之國的遺言》一片徹底揭露日本政壇的腐敗；《ＩＮＵ》則以殺人懸案的真相為拍攝主軸，挖掘警察機構的無能內幕。

有些媒體質疑這場殉情其實是一種變相的暗殺，背後黑手其實是黑道、右翼份子，甚至牽扯到海外黑手黨、武器商人等非法組織。

當然，無論這些報導寫得再怎麼天花亂墜，都只是口說無憑。因為現場留有熊切的親筆遺書，以及錄有殉情全程的影帶。

「親筆遺書」和「影帶」是熊切自殺的兩大鐵證，警方也因此斷定熊切的死並非刑事案件。

二〇〇二年十二月，案發一個多月後，永津佐和子首度打破沉默，接受婦女雜誌採訪。以下節錄自該雜誌訪問內容：

「至今我仍無法相信我先生自殺的事實。熊切他有家人，手頭還有正在拍攝的紀錄片，甚至還策劃了許多今後預定拍攝的題材，很難想像這樣的他會做出『自殺』這種愚蠢的行為。我先生是個展望未來的男人，他絕不可能親手為自己的時間畫下句點。」

這是事件發生後永津佐和子唯一的對外發言。從這份訪問中可以看出，她和部分媒體一樣，認為這場殉情只是假象，懷疑熊切是因為某些原因遭人殺害。

唯一知道真相的新藤七緒於案發兩個月後出院，之後便杜絕一切媒體採訪，對該案始終隻字未提。

案發當時，所有媒體都一頭熱地報導相關消息，然而隨著時間流逝，事情也漸漸退燒，就這麼過了七年。

＊　＊　＊

以上就是新藤七緒親身體驗的殉情案全貌。

接下來請容我說一點私事。熊切的紀錄片是我的啟蒙恩師，學生時代，我偶然在電視上看到熊切編導的紀錄片節目，受到了不小的衝擊，因此才會追隨熊切的腳步，投身新聞界。

激進的影像和戲劇表現是熊切作品最吸引我的地方，他總是不按牌理出牌，勇於打破常識。

在國際間獲得高度評價的《死槌》可說是熊切的畢生力作。該片以影像敘事詩的方式拍攝，片中使用了多元的戲劇手法，從長達四十六億年的地球史角度探討溫暖化、核能發電等現代世界能源問題。

《死槌》是一部非常特別的紀錄片，熊切在片中加入了音樂剪輯、動畫演出，藉此嘲諷人類破壞環境的行為有多麼愚蠢，於拉響環保警鐘的同時歌頌地球生物的美好。莊嚴的影像配上肅穆的音樂，不知賺了多少觀眾的熱淚。

然而，《死槌》所帶來的衝擊不僅限於電影界。隨著在國外影展得獎，該片成為國際間炙手可熱的話題，片中提及的黑心大企業也因此股價暴跌。不僅如此，東歐某國甚至因為政府包庇片中的黑心企業，引發環保團體及市民不滿，進而發展成社會暴動的大事件。

戰後日本政壇的腐敗一直都是媒體間的禁忌話題，而《日出之國的遺言》卻打開了這個潘朵拉之盒。這部片上映前就被政界視為眼中釘，上映期間甚至有警察在電影院中看守戒備。有政治評論家分析，該片是引發隔年眾議院解散、國會重選的導火線。

《ＩＮＵ》則揭露了警界不為人知的問題。熊切為拍攝這部紀錄片，故意在採訪期間做出侮蔑警察的行為，讓自己以妨礙公務的罪名被捕。他在片中毫不保留地說出自己在拘留所內的遭遇，以及警察問話時的狀況，引爆相當大的話題。

熊切的紀錄片每每都在推陳出新，永遠不乏驚人之舉。

如前所述，我會投身新聞業是因為受到熊切的影響。雖沒有見過他本人，但熊切絕對是大大改變我人生的「罪魁禍首」。

因此，七年前在電視上看到熊切自殺的消息時，我一度懷疑自己的眼睛，心想：「別開這種惡劣的玩笑了！」然而事實證明，我並沒有看錯。

為什麼熊切會沉溺於外遇這種世俗的行為呢？又是什麼致使他走向破滅之路呢？即使是如此熟悉熊切作品的我，至今仍想不明白，當初他是以何種心情選擇「心中」作為生命的結局。別說追究原因了，簡直是毫無頭緒。

然而，至今約兩年前，一位友人突然問我：「有個人想調查熊切敏死亡的真相，你願不願意幫忙解開謎團？」

友人不願告知「那個人」是誰，只說那人願意提供優渥的報酬。

聽完他的話後我心想，熊切死亡真相至今未明，若就這樣放置不管，這件事只會隨著時間煙消雲散，最終消失在世人的記憶當中。我也急欲知道熊切為何而死，而且，相較於案發當時，我的採訪能力已有些許進步，應該已有能力客觀報導整件事情。我想，解開熊切的死亡謎團也許是我無法逃避的宿命。在該想法的驅使下，我接受了這份委託。

後來我才發現，這份工作成了我的畢生事業，甚至可說是賭上了記者的生命。就這樣，我開始動手調查熊切敏殉情案的「謎團」。

首先，我摒除所有先入為主的觀念，盡可能客觀地閱讀當時的媒體報導。然而，無論我再怎麼反覆翻閱，還是無法理解熊切為愛赴死的心情。讀著讀著，我的腦中逐漸浮現出一個想法——

熊切該不會是遭人殺害的吧？

這樣一切都說得通了。就像熊切的妻子永津佐和子在雜誌訪談中所說的——

「很難想像這樣的他會做出『自殺』這種愚蠢的行為。我先生是個展望未來的男人，他絕不可能親手為自己的時間畫下句點。」

警察之所以斷定熊切一案為殉情，是因為現場留有熊切的「親筆遺書」和

「影帶」。但是，遺書可以偽造，影片內容至今仍未公諸於世，說不定根本就沒有什麼「殉情影帶」。

隨著看的報導越來越多，我越發覺得這場殉情根本就是一場「謊言」。

如果真是那樣的話……

如果真的有人「以死」封口，殺害天才紀錄片導演熊切，同樣身為新聞界人士，我絕不容許兇手逍遙法外——我絕不允許這樣的事情發生！

然而，做人不能自顧自地口說無憑。也許真如警察判斷，熊切是自願以「外遇殉情」作為人生的句點。

如果熊切真是自殺……我想知道他為何選擇殉情。

為什麼熊切會「悖逆天意」、「與愛共赴黃泉」呢？

平凡的我，實在無法理解箇中道理。不過，既然我接受了這個採訪委託，如果熊切真是為愛赴死，我的職責就是將他當時的心境公諸於世，揭露真相。

熊切敏究竟是死於非命？還是自我了斷？

無論如何，有一個人一定知道真相，那就是新藤七緒。

▼二〇〇九年十一月十二日（星期四）～十一月十三日（星期五）

下午一點三十一分，我再度踏上水戶的土地。

走出驗票口，穿過車站大廳。這次我不是去有水戶黃門銅像的徒步區，而是往反方向前進，從南口走出車站大樓，前往隔壁的都會飯店。

下午一點四十分，我進入位於飯店一樓的咖啡廳。

因是平日，又剛過中午，店裡顯得有些冷清。我請服務生給我一個離其他客人最遠的位子，他安排我坐在窗邊角落。

離約定的時刻還有十五分鐘以上。因身子有些冷，我點了一杯熱薑茶驅寒。望著窗外種有行道樹的人行步道，等待七緒的到來。

新藤七緒在八天前答應受訪，她會依約出現嗎？但願她還沒有反悔。

約定時間的五分鐘前，看見新藤七緒出現在飯店大廳，我暗自鬆了一口氣。

她穿著羽絨外套和牛仔褲，和上次一樣，臉上掛著有些逞強的表情。等她脫外套坐下後，我說：「百忙之中還請妳抽空過來，真是不好意思。」

「不會……我比較不好意思，又麻煩你大老遠跑一趟……其實我也可以去東京的。」

「沒那回事，一點都不麻煩。對了，妳今天時間沒問題吧？」

「嗯……沒問題，不用擔心。」

說完，她向前來點餐的服務生點了檸檬茶。

這是我第二次見到新藤七緒——

她的表情一如往常般僵硬，視線依舊落在桌面上。陽光穿過窗外的行道樹空隙灑進店裡，為她的烏黑秀髮添了一絲光澤，更顯得她容貌出眾。

我的心為她所醞釀出的神祕魅力而動搖。

為了紓解彼此的緊張情緒，我先是和她閒聊了一下。過了一會兒，檸檬茶送來了，我從包包中拿出錄音筆跟她說：「為求正確，採訪過程我想要錄音。」

「那麼，我們就開始囉。可以嗎？」

「可以。」

「接下來我會針對七年前的案件發問。先聲明一下，有些問題可能會有些失禮，還請妳原諒。」

「……我明白了。」她的語氣有些牽強。

「當然，若有難以啟齒，或是不方便回答的問題，妳也可以不回答。」

語畢，我拿起玻璃杯，喝了一口熱薑茶潤喉，打開事先放在桌上的採訪用筆記本，向坐在對面的七緒說：「那麼，我們開始囉。」

下午兩點二十分，我正式開始訪問新藤七緒。

【新藤七緒．第一次採訪錄音】

問：首先，請妳敍述一下當上熊切秘書的過程？

——朋友介紹。

問：哪一位朋友？

——偶然認識的熊切親戚，他介紹我到熊切公司工作。

問：在那之前妳從事什麼工作？

——嗯……（稍作思考）。這實在有點羞於啟齒……我曾經有一個目標，與其說目標，應該說是一個夢想，在進入熊切公司之前，我一直在追逐這個夢想。直到有一天，我突然發現自己沒有那方面的才能……才放棄追夢，另謀出路。

問：是什麼夢想呢？

——抱歉，實在太丟臉了，我說不出口。

問：妳進入熊切娛樂公司後就是擔任秘書嗎？

——是的。我和前述的那位朋友提起找工作的事，他推薦我到熊切娛樂公司試試看。當時正好熊切的秘書離職，我也就順水推舟了。

問：妳以前當過秘書嗎？

——沒有……但工作性質非常類似。

問：在那之前妳知道熊切這號人物嗎？

——當然知道，我看過幾部他的作品。其實剛開始上班時我非常緊張，畢竟他這麼有名，我不確定自己能否勝任這個工作。

問：秘書主要是做什麼工作？

——行程管理。有時也會幫忙談酬勞、整理劇本。

問：妳和熊切的交往是事實嗎？

——……是的，沒錯。千真萬確。

問：為什麼你們會發展成那種關係呢？可以告訴我前因後果嗎？

——……這個問題很難回答。以前我總認為熊切高高在上，和我的身分是雲泥之別。但實際當上他的秘書，和他有進一步接觸後，才發現他有外人看不到的一面……在電影界，他是個偉大的導演，但說老實話，就一個普通人而言，他有嚴重的人格缺陷。得知他的缺陷後，我發現自己和這個天才的內心有了深切交流……本來我對他只有崇拜之意，漸漸地，該怎麼說呢……就對他產生了男女之情。應該是這樣吧……

問：熊切的人格缺陷，具體而言是哪一部分呢？

——這個……因為關係到他的名譽，所以我不能說，抱歉。

問：是誰先提出交往的呢？

——應該是我先對熊切產生特殊的好感，本來我打算將這份感情埋藏在心底，畢竟他是有婦之夫，而且，他怎麼可能看上像我這種人……不過，即使沒有說出口，他似乎還是感受到了我的情意，並接納了我，等我回過神來，我們已經在一起了。

問：熊切是個有婦之夫，對於這點，妳有什麼想法？

——當然，我知道自己這麼做並不妥。熊切的太太既漂亮又能幹，個性方面也很令人尊敬，可說是無從挑剔的完美女性……所以，對於介入他們的婚姻我感到非常愧疚。但是……我對熊切的愛慕之情，勝過了對他太太的罪惡感。我很清楚自己這麼做是天理不容，但我已無法回頭。

問：熊切和太太的婚姻生活有問題嗎？

——沒什麼特別的問題。熊切太太雖然每天忙著拍戲，但還是有做好妻子的本分。對熊切而言，太太是他的最佳拍檔，兩人既是夫妻，就某層意義而言也是一同奮鬥的夥伴。而我，則介入了他們之間。

問：妳曾逼迫熊切和太太離婚嗎？

——沒有。我幾乎沒有和熊切提過他太太。我不想問，熊切也不想說。他太太是我倆的禁忌話題。

新藤七緒真誠地回答我的提問。

無論是多麼失禮的問題都來者不拒，我感受到她滿滿的誠意。

不過，不知道是否因為心生愧疚，一提到熊切的太太，她的眼眸像是蒙上一層灰般黯淡無光。

問：是誰先提議殉情的？

——熊切。

問：可以敘述一下當時的情形嗎？

——大約在殉情一個月前，熊切的影片製作正好告一段落，繁忙的工作日程中出現難得的空檔。他平常忙得沒日沒夜，那段時間卻異常地放空，沒有緊接著進行下一個企劃。就在這時，熊切突然提議要殉情。

他笑盈盈地問我：「我們一起死吧！」一開始我以為他在開玩笑，只回道：「你在說什麼傻話。」沒想到他卻突然嚎啕大哭……聽著聽著我才明白，原來他是認真的……

問：他為什麼會提議殉情呢？

——……當時的我不知道，事到如今也不是很清楚，他到底為什麼會想和我共赴黃泉……

問：妳不曾問過熊切嗎？

——對，我沒問。說也奇怪，人家邀我一起自殺，我卻沒有問清楚緣由……但就算不用問，我也大概猜得到，當時熊切其實有很多煩惱，無論是公司也好，作品也好……

問：我以為他的工作很順利。

——公司表面看似風平浪靜，但其實早已負債累累，內部經濟相當吃緊。在缺乏資金的情況下，熊切無法拍攝想拍的作品，甚至因此喪失導演應有的幹勁。再加上我的出現打亂他的私生活，大大動搖了他的人生。事隔七年，如今我已能站在客觀的角度判斷……熊切深愛著妻子，即使和我外遇，他對妻子的感情依舊不變。

正如我前面所說，佐和子小姐於公於私都是非常優秀的女性，對具有導演身分的熊切敏而言，她是無可取代的伴侶。然而，我卻介入他們之間，熊切也真心愛著這樣的我。我想，他應該是無法承受同時愛上兩位女性的矛盾……

問：這就足以讓他自殺嗎？

——熊切的個性細膩。正如我剛才所說，他無法承受同時愛上兩位女性的矛盾，因此而感到非常痛苦。我和他一樣左右為難，一方面覺得對不起佐和子小姐，卻又不想失去熊切。

問：當他邀妳殉情時，妳怎麼想？

——一開始我當然拒絕了。當時我才二十幾歲，從未有過輕生的念頭。但幾天後我突然意識到，如果熊切獨自踏上不歸路，我該怎麼辦……我無法想像沒有熊切的人生，因此而感到非常害怕，全身顫抖不已……現在回頭想想，當時我應該要想辦法阻止這場殉情的，然而我卻像著了魔一般，於是……

問：妳就接受了他的提議？

——……對，我不想和熊切分離，所以就……

我不知道這麼說好不好……但說實在話，我很高興他選了我。我的內心深處有個聲音吶喊著：「我贏了！」……

問：贏了？贏了誰？

——他太太，佐和子小姐……

靜靜說完後，七緒悠悠地垂下雙眼。

那一瞬間，我似乎看見她眼眸深處閃過了一絲女人的「業障」。

問：山莊那次是你們第一次殉情嗎？

——不，之前我們曾在東京都內的飯店內試過一次，熊切說他想仿效「阿部定事件」[6]……

問：「阿部定」？那……妳有切除他「那裡」嗎？

——（雙頰泛紅）沒有，他指的不是那方面。據說阿部定和情夫是以互相絞首的方式定情，熊切說想要模仿這個方法……但試了好幾次都無法成功。畢竟要把對方勒死是非常恐怖的事，我們實在做不到……決定換個方式後，我便提議用安眠藥自殺。

我曾在書上看過，吃大量同種安眠藥是死不了的，最後只會全數吐出來。但如果將多種不同成分的安眠藥混合後用酒吞下，少量也能致命……於是我便假裝失眠，到不同家醫院看診，蒐集各種安眠藥。

問：然後，你們決定在山梨的別墅自殺是嗎？

——對。

6. 一九三六年，女服務生阿部定於性交時將情夫絞殺並切除生殖器之事件。

問：是誰提議去別墅殉情的？

——是熊切。他說，他曾在深山裡的出租別墅中整理過幾次長篇劇本，那兒人煙稀少……能夠在不被人打擾的情況下安穩地迎向死亡……

問：去別墅之前，妳應該沒有告訴任何人吧？

——沒有。飯店殉情失敗後大約過了十天吧，我們兩人一起外出吃飯，回家路上他突然說明天要去山梨。隔天我們就帶上蒐集好的安眠藥，開著熊切的車出發了。

問：到別墅後，過了幾天你們才殉情？

——第一天到達別墅後我們兩人都已累壞，什麼都沒做就睡了。一直睡到隔天中午起床，一起出門採買食物，之後雖然也有外出，但只是在別墅附近散步而已。基本上，我們一直待在別墅裡，不分晝夜地睡睡醒醒。

別墅的窗外是一片湖泊，曾有幾個小時，我們什麼都不說，就這麼靜靜地望著湖泊。別墅裡的時間彷彿是靜止的，後來我才知道，我們在那兒待了整整四天。

問：據說你們在山莊內錄影，是真的嗎？

——是真的。熊切隨身帶著採訪用的攝影機。他在山莊裡對我拍攝，偶爾也會叫我拍他。

問：這段影像相當珍貴呢。如今影帶在哪裡呢？

——這個嘛……（稍作思考），當初警察查扣影帶做為證物，我不知道現在在誰的手上。

問：妳曾經建議熊切「放棄殉情」嗎？

——不……我從沒說過這種話。不過……我曾經一度想逃出別墅。有天早上我獨自醒來，看著窗外旭日甫升、晨霧未消的湖畔美景，莫名就溼了眼眶……我並不怕死，但一想到家人，我不禁懷疑自己是否做錯了……瞬間我心想，乾脆趁他在睡覺時逃走算了……

然而，最後我還是留了下來……因為如果我真的離開，等於是背叛了他的情意，我不想要這樣。

問：接下來的十月十六日你們正式殉情。也許這對妳而言有些殘忍，但能否請妳告訴我事發當時的來龍去脈呢？

——好。我記得那天……下著雨。熊切突然拿起筆，在全新的信紙上寫字。我馬上就意識到他是在寫遺書。望著他的背影，我心想：「是時候了。」接著他說：「幫我拍。」於是我便打開攝影機，錄下他寫遺書的身影。

寫完後，他默默將剛寫好的遺書交給我。我問他：「可以看嗎？」他回答：「可以喔。」我便看了。

看到一半，我不禁潸然淚下。對我而言，這不是遺書，而是文情並茂的情書。那一瞬間我才明白什麼叫做「死而無憾」。看完信後，熊切與我交合，我心想，這也許是我們最後一次纏綿了。

之後我們一起淋浴更衣。不知不覺中雨停了，夕陽的光輝透過樹枝空隙灑進房內。

熊切坐在庭院的涼椅上，要我幫他拍攝。面對鏡頭，他開始交代遺言。

問：遺言說了些什麼呢？

——正確內容我記不太得了……（稍作思考）印象中他好像是說，愛有各種形式，有生兒育女的正軌之愛，也有迎向毀滅的偏門之愛。但是，墮落也是一種愛的形式，那兒有沒經歷過的人絕對無法理解的終極喜悅。

說到這裡，她的眼眸頓時蒙上一層淚意。

她從包包裡拿出手帕，俯著身子掩面抽噎。我默默地等待她恢復平靜。

問：錄完遺言以後呢？

——因天色漸漸暗了下來，我們便回到別墅。熊切說：「動手吧！」於是我拿出事先準備好的各類安眠藥，倒了兩杯燒酒，將安眠藥溶入酒裡。藥粉很快就溶化了，但藥丸卻遲遲無法溶解。我用攪拌棒仔細將藥丸壓碎，否則根本嚥不下去。這些過程全被熊切給錄了下來。

溶完安眠藥後，熊切將攝影機放在桌上，坐到我身邊。我的全身顫抖不已，說得準確一些，在溶藥時就已抖個不停。熊切將我用力擁入懷中，安慰我說：「沒事的。」但我仍顫抖得不能自已，淚如雨下，無法壓抑心中澎湃的情緒。

熊切就這麼抱著我。不知不覺中，夜晚悄悄來臨。

然而，我的身體並沒有因此而停止發抖。熊切在我的耳邊低喃：「不如下次吧？」我渾身顫抖得無法回答。他拋卻妻子，捨棄名譽，就為了貫徹我倆的愛。而我卻無法回應他的這份感情，我好恨這麼沒用的自己。

熊切拋棄了佐和子小姐，選擇我做為他的終生伴侶……而我，卻只是個連「定情」都無法做到的蠢女人。這時我腦中響起了一個聲音，那聲音嘲笑我，愚弄我，訕笑謾罵。

不是的！我也做得到。不！只有我才做得到。我們的「心中」是熊切的最高傑作，而能夠完成這部作品的只有我，全世界就只有一個人，那就是我……於是，我拿起酒杯，一飲而盡……

說到這裡，她已淚如雨下，雖以手帕掩面，卻無法阻止眼淚奪眶而出。周遭的客人紛紛對我們投以異樣的眼光，雖說我還有堆積如山的問題想問，但看來今天是無法繼續了。

待她情緒恢復，我說：「謝謝妳。今天先到這邊吧。」

「……好，不好意思。」

她抬起哭腫的雙眼看著我。

不知不覺中，窗外射進的陽光已染上金紅。指針指著下午三點五十分，訪問開始已過了一個半小時。

下午四點多，離開飯店咖啡廳，我和新藤七緒走在銀杏並立的國道上，打算一起去吃飯。

走著走著，她似乎也恢復了幾分平靜。

在她的帶領下，我們來到市區一家老房子風格的蕎麥麵店，暢飲當地的霧筑波日本酒，並點了炸什錦和蒸籠蕎麥麵配酒。

用餐途中，我向她表明自己受到熊切多大的影響，滔滔不絕地講述熊切作品的魅力。她聽得睜大了雙眼，似乎很驚訝我竟然如此了解熊切。

聽我說完後，她也聊起自己的事情，說自己從七年前殉情後身體一直不好，至今仍為後遺症所苦。她無法像一般人一樣正常工作，最後只能辭掉打工，過著無業生活。難怪她的肌膚如此蒼白，原來是身體不好的緣故。

和她聊了約莫一小時，我們離開餐廳，一同步行至水戶車站，訂了下次的採訪日程後便和彼此道別。

下午六點多，我趕上開往上野的快車，踏上往東京的歸途。

回家路上，我接到雜誌編輯的電話。他說，編輯會議已正式決定刊登我的報導。這是「新藤七緒」第一次在媒體上曝光，想必一定能引起廣大迴響。目前預計以連載的方式分段刊登，等我採訪有一定進度後，他們才會決定刊載日期。

之後我致電給委託我採訪的友人，向他報告目前的狀況。

「熊切敏殉情案」的解謎行動已前進了一大步。

回到家後，我迫不及待地動手整理今天的採訪內容。

新藤七緒的證詞和我蒐集的報導資料內容並無太大的出入，採訪過程中我也仔細觀察了她的反應，看起來實在不像說謊或刻意隱瞞。

這次採訪得到的新情報，大致可濃縮為以下四點——

①提議殉情的是熊切。
②在到別墅殉情前，兩人曾一度殉情未遂。
③準備安眠藥的是新藤七緒。
④先喝下安眠藥酒的是新藤七緒。

我比較在意「新藤七緒先喝下安眠藥酒」這一點。

若殉情的其中一方沒有自殺意願，檢方可根據加工自殺罪、殺人罪起訴另一方。以下要介紹一個相關判例——於昭和三十年代（一九五五年～一九六四年）日本和歌山縣發生的「心中案」。此判例非常有名，甚至還被收錄進刑法教科書。

某男和一位餐廳女服務生交往。

這段感情讓他負債累累，父母因此逼他和這名女性斷絕往來。某男和女友提議分手，女友卻不肯，還說與其分手她寧願殉情。某男根本不想死，但還是假裝答應殉情，打算讓女友獨自喪命。

幾天後，某男把女友帶至無人的深山中，餵女友喝下氰化鉀，騙她說自己之後會隨她而去。但事實上，他卻在女友死亡後獨自活了下來。

最高法院認為，「該女會殉情，並非出自正常自由意志之判斷，而是因為相信了某男『之後會隨她而去』的說詞。『心中』只是某男奪走女友性命的手段」，因此判決某男殺人罪成立。

反觀熊切的例子，提議殉情的是熊切，先喝下安眠藥的卻是新藤七緒。

如果熊切想殺害新藤七緒，騙她喝下安眠藥後自己沒喝，那麼，熊切就有可能被判殺人罪。

然而現實卻是，新藤七緒喝完藥後，熊切也於喝下含有大量安眠藥的燒酒後死亡。也就是說，熊切有明確的「殉情意願」（遺書和影帶就是熊切有「殉情意願」的最佳證明）。

而且，新藤七緒比熊切「搶先一步」喝下安眠藥燒酒，代表她也有「殉情意願」。若她對熊切懷有殺意，想要假殉情、真殺人，那她應該會先哄熊切喝藥才對。

我想，警方應該也是基於以上幾點，才推斷此為一宗「心中案」，而未以刑事案件送辦。就今天的受訪內容而言，並沒有矛盾的地方。

但有一點我卻無法接受。

根據新藤七緒的說法，她比熊切先「拿起酒杯，一飲而盡」。不過，能證明這點的，只有那卷錄有殉情全程的影帶。而該影帶從未對外公開，僅有少部分偵辦人員看過。

好歹那也是知名導演熊切敏的生前最後影像，應該有很多人想看吧？當然我也是其中之一，但市面上卻從未流出過任何片段。

我不禁心生懷疑——

這卷號稱錄有殉情全程的影帶，真的存在嗎？

假設根本沒有這卷影帶，一切都是新藤七緒的謊言……那麼警察為什麼並未將她依法送辦，也沒有後續的調查行動呢？

我的腦中浮現出駭人的想像。

謀殺。

會不會是有人殺了熊切，並對警方施壓，迫使他們暫停搜查呢？

當然，現在的我還沒有證據，但就殉情當時熊切的處境而言，我的推理也並非全無可能。

以下是熊切心中案發生的十個月前，一份晚報所刊登的報導。

〈**女星永津佐和子之夫——熊切敏遭下追殺令?!**〉

驚爆！聽過國際知名導演熊切敏嗎？如果沒聽過，那你一定知道美女演員永津佐和子！熊切敏就是永津佐和子的丈夫。本刊獲得消息，如今熊切敏正深陷巨大危機之中。

該危機起因於下週上映的紀錄片——《日出之國的遺言》。這部硬派社會紀錄片徹底揭露現代日本政界的腐敗，而導演熊切也實際參與了演出。影片中，熊切將政界領袖大佬「Ｋ」的照片丟入泥中踐踏，景象有如「踏繪」[7]。

民眾參加試映會後，立即在網路上熱烈討論此事，事情因此提前曝光。「Ｋ」的辦公室立刻向該影片的製作公司——熊切娛樂公司以及影片發行公司提出抗議，要求將電影即刻下映，但熊切方面對此回應，「這是一種對日本政治憤怒的表現，也是我本人的主張，我絕不為此道歉」，態度相當強硬。

據傳，電影中被「踩在腳底」的「Ｋ」是黑白兩道通吃的大哥級人物，外界因此相當關注「Ｋ」對此挑釁行為的反應。雖然「Ｋ」遲遲未對外表態，但可別以為事情就此落幕。

即使「Ｋ」本人願意息事寧人，他的「信徒」卻不肯輕易放過熊切。「Ｋ」在政經界、黑白兩道擁有為數眾多的信徒，其中不乏狂熱分子。根據本報的可靠消息來源，某些狂熱信徒已暗自發起「獵熊頭行動」，對熊切發出「暗殺令」。

有如與之呼應一般，熊切身邊最近可說是變故連連。

一位熊切身邊的影片製作人員指出：「最近熊切身上確實發生不少怪事。大約一個多月前，熊切開車出門採訪，車子卻在上高速公路後煞車突然失靈，幸好最後只釀成擦撞護欄的小車禍，無人傷亡。但整個過程可說是千鈞一髮，差一步就釀成大禍。不僅如此，我們公司幾乎每天都收到恐嚇信，又或是詭異的傳真和電子郵件，大家都被逼到快要瘋了。我們這才知道，自己好像惹到不該惹的人物了。」

本報致電熊切所經營的「熊切娛樂公司」，得到的回應是：「無論如何，能切絕不撤下該片段」。

本報也希望「無論如何」，熊切可千萬別讓永津佐和子守寡才好。

《日出之國的遺言》於該報導刊出的五日後上映。

如前所述，電影上映第一天可說是風聲鶴唳，甚至還請來警察進駐電影院，以防萬一。

以往熊切作品的票房一直十分吃緊，但在這些「免費宣傳」之下，本片開出了不錯的成績。

7. 十七世紀日本德川幕府所制定的儀式。當時幕府為抵制基督教，曾強迫基督徒踐踏聖像以證明自己已背棄基督教。

熊切導演在影片中揶揄挑釁的，正是政界大佬「神湯堯」（かみゆたかし）。

神湯是叱吒政經界的風雲人物，手下擁有龐大的黑道勢力，自他從政以來，不知多少政敵離奇死亡。神湯在警界也相當吃得開，據說數年前，他曾動用權力壓下首相兒子犯下的殺人案。

神湯的力量真的如此之大嗎？有傳言指出，神湯年輕時曾旅居國外，因此和某國情報機關深交；也有人說，他曾是陸軍中野學校的情報員，但這些都只是未經證實的訛傳。英國經濟雜誌曾稱神湯為「世界級政治黑手黨」，甚至有國外的財經人士認為「神湯有撼動日本的實力」。

神如神湯，要「弄」出一樁心中案應該不難。應驗了上述報導的警告，熊切太太真的成了「寡婦」。

不過就現階段而言，尚無任何證據顯示神湯就是「熊切敏殉情案」的幕後黑手。沒有可信的人證物證，有的只是口說無憑的訛傳與臆測，

許多專家對這些傳言一笑置之，他們認為，神湯好歹也是線上的政治人物，雖說他是為非作歹、惡名昭彰，但也不至於為了熊切這種小人物鋌而走險，犯下「殺人罪」。

然而，即使神湯並非幕後黑手，熊切還有許多其他仇家。熊切曾和無數的政

治團體、宗教團體結仇，海內外也有很多企業恨不得他能消失。據傳，他甚至和一些非法組織也有過節。這麼多人對熊切恨之入骨，「謀殺論」真的只是單純的臆測嗎？我想很難說。

無論如何，假設殉情是一場「偽裝」的話……和新藤七緒一定脫不了干係，她有極大的可能作偽證。

但是——

說實在話，就我今天的觀察，她的反應充滿誠意，真情流露，怎麼看都不像在說謊。

真相到底為何？

新藤七緒是否為了某個目的，演了一齣「假殉情，真謀殺」的好戲？還是說，她是真心深愛著熊切，單純想要「與愛共赴黃泉」？

我以為實際訪問她後能讓案情露出一絲曙光。

沒想到聽完她的說法，反而令我更加混亂了。

▼二〇〇九年十一月十九日（星期四）

下午一點多，列車駛進水戶站。

不巧天空下著細雨，車站附近人影稀少，比平時更顯冷清。

和一週前一樣，我和新藤七緒約在都會飯店的咖啡廳碰面。

水藍色的毛外套與她非常相配。和初次見面比起來，她的表情添了幾分柔和，肌膚也比以往更晶瑩剔透。

我馬上進入正題。

【新藤七緒．第二次採訪錄音】

問：上次我們問到喝安眠藥酒的地方，妳可以敘述一下之後發生什麼事嗎？

——喝完酒之後嗎（稍作思考）……抱歉，老實說，我不太記得了。

問：只說記得的部分即可。

——喝完的當下什麼都沒發生……但是，大約過了二、三十分鐘後，我開始感到胸口悶痛，印象中還吐了。之後意識越來越模糊，再之後就……真的不記得了。

問：妳親眼看到熊切喝藥嗎？

——對。我喝完後，他立刻拿起杯子將燒酒一飲而盡。那時我還有意識，所以記得很清楚。

問：妳先喝安眠藥，難道不擔心熊切只是騙妳喝下，自己卻不喝嗎？

——我沒想過這件事，因為我相信他……而且，就算熊切沒喝下安眠藥，我也不後悔。

問：為什麼？

——因為是我自己選擇要與他殉情的……所以，即使當時熊切突然反悔不肯喝藥，我也不會怪他。如果他判斷自己應該活下去，我也會支持他。

問：但現實卻並非如此。

——……是啊。

問：熊切喝完藥到妳失去意識之間……發生了什麼事呢？只要告訴我妳記得的部分就可以了。

——記得的部分啊……（稍作思考）我只記得胸口很不舒服，眼前一片朦朧，呼吸好像要停止了，全身痛苦不堪。熊切把我用力抱在懷裡，我在他的雙臂之間逐漸失去意識……之後就什麼都不記得了。

問：等妳恢復意識後，人已經在醫院了嗎？

——是的。

問：可以說一下在醫院恢復意識後的情形嗎？

——一開始我搞不太清楚狀況。我人在哪裡？為什麼會睡著？我甚至不記得殉情的事，只覺得自己必須趕快回公司……還有一大堆帳單沒整理完，還得回邀訪信，我的腦裡僅浮現出這些未處理的雜務……意識混亂一陣後，我才慢慢想起自己所做的一切……

恢復記憶後，我突然感到非常害怕……現在是什麼情形……我不是應該死了嗎？為什麼還活著？為什麼會這樣？然後我問了，問了在病房裡陪著我的森角：「熊切呢？熊切呢？」他告訴我……「他死了」。

問：當時妳的心情如何？

——因為我自己還活著……所以在問森角之前，我一直以為藥量不夠，我們都沒死成，熊切一定也恢復了意識，只是在別間病房……

所以，當我得知熊切的死訊，除了不敢置信，同時也感到背脊發涼，全身顫抖不已……

問：為什麼？

——因為我很害怕，害怕得無法自拔。熊切去了，我卻一個人活了下來。在得知這個事實後，我的身體被一股從未感受過的恐懼所支配，簡直要瘋了。

於是我決定扼殺自己的心。我告訴自己，我已經在那個時候死去了……至少心已經死了。悲傷也好，痛苦也好，絕望也好，通通都無所謂了，我要抹殺一切的感情。

問：妳沒想過要隨他而去嗎？

——有……我很明白，熊切不在了，我獨活也沒有意義。但家人、公司同事怕我再次尋死，一直守在病房裡……我想死也無從著手。於是我決定餓死自己，在不進食的情況下放任生命腐朽消逝……現在回頭想想，當時的我真是自私，引起了這麼大的騷動卻沒死成，還給關心我的人添了這麼多麻煩……

問：但妳終究還是沒有步上熊切的後塵，是什麼讓妳打消念頭的？

——……我想，是因為我媽媽。

問：妳媽媽？

——對……住院期間，媽媽一直守在身邊照顧我。她從以前就是一個意志堅強、臨危不亂的人，就連聽到我殉情未遂被送醫急救時，她都沒有亂了陣腳。剛住院的那一陣子，我不吃不喝，過著行屍走肉般的生活。有一天，媽媽突然在我面前哭了出來，那是我有生以來第一次看到她掉眼淚。

我父親以前經營金屬加工工廠，後來因為事業失敗而自殺。就連在父親的喪禮上，媽媽都沒有在我面前哭過……

我想，她一定是無法承受父親自殺，現在更是無法面對連唯一的女兒也打算離她而去的事實。有生以來第一次見到媽媽落淚，我才知道，自己的所作所為有多麼愚蠢……

她在前年因肺癌過世了。

大概是眼淚就要奪眶而出，七緒有些哽咽。

和前次採訪比起來，她這次顯得相當平靜，說話也不太帶有感情。但一講到母親的事，她還是忍不住真情流露。

我繼續提問。

問：案發後，媒體拿這樁殉情案大作文章，甚至說妳是將熊切逼上絕路的「狐狸精」，當時妳有什麼感覺？

——……

七緒低下頭，思考約十秒鐘後，徐徐抬頭說道：

——他們說得沒錯。如果沒有和我相遇，熊切也不會死……而且更糟的是，享譽世界的熊切命喪黃泉，一無是處的我卻活了下來……對此，我沒有辯解的餘地。

問：有幾篇報導主張熊切是被人暗殺的，對此妳有什麼看法？

——暗殺啊……的確，熊切很喜歡評論社會，又經常處於戰鬥狀態，自然樹敵眾多。但他並沒有被人暗殺，這一點我最清楚，因為我親眼目睹熊切喝下安眠藥，絕對不假。

我拿出前章所引用的晚報報導影本給她看。

問：這篇報導說，那時你們公司每天收到恐嚇信，甚至車子還煞車失靈。妳知道些什麼嗎？

——那時公司的確收到不少恐嚇信和傳真，但並沒有「每天」這麼誇張。熊切出門採訪時也確實發生了交通事故，但後來已證實只是汽車保養疏漏。這篇報導寫得太浮誇了。

問：妳聽過神湯堯這號政治人物吧？這篇報導說神湯打算要熊切的命，對此妳有什麼看法？

——我當然聽過神湯議員的大名……但我認為，神湯議員絕對不可能殺害熊切。

問：為什麼？

——因為……抱歉，我不能說。

問：妳不願回答是嗎？

——是。

問：妳有見過神湯堯嗎？

——沒有。

自從我提起「神湯堯」這個名字後，她的神情明顯有了變化。

原本她都盡可能地回答我的問題，但一聽到神湯的名字後，講話突然變得吞吞吐吐，避重就輕，似乎刻意在隱瞞什麼。
看她這個樣子，我想我是無法從她身上問到神湯的情報了，便換了個話題。
問：妳後悔和熊切殉情嗎？
——我們的殉情給身邊的人添了許多麻煩。雖然這麼說很對不起他們，但……我一點都不後悔。
熊切的遺言說，墮落的愛當中，有沒經歷過的人絕對無法理解的終極喜悅。殉情當時，我和熊切一同沉浸在那份喜悅當中。我很清楚，我們的行為天理不容，但我並不後悔。這是我們所選的路，無論今後的人生有多少苦痛在等著我……我都絕不後悔。

不知不覺已過了四點，窗外的雨勢也變大了。
見七緒捧著冷掉的茶杯沉思不語，我說：「妳累了吧，今天就先到這邊吧。」
「也是……不好意思。」
她像鬆了口氣般微微一笑，但那笑容很快就消失了。
「那個，最後還有一件事。」

「什麼事？」

「我……並沒有打消念頭。」

「什麼？」

「隨他而去。」

「喔。」

「最近我又開始考慮自殺的事，特別是我媽媽去世後……我在想，我早就應該跟著熊切一起去了，根本不配繼續活著……」

語畢，七緒用她那細長的雙眼看向我。

「也許你會覺得，我那麼煩惱幹嘛不自殺討個痛快算了……」

「不，我完全沒有那麼想。」

「……我試過好幾次喔，自殺。但終究無法成功……面對死亡，人果然還是會害怕……我真懷疑，那時我到底怎麼做到的？」

七緒的視線再度落在桌面上，接著靜靜地開口。

「我想是因為……那時的我不是一個人。因為有熊切陪著我，在他的懷抱中，我才能毫無恐懼地面對死亡。很不可思議對吧？但我還是覺得，自己根本不應該活著……」

▼二〇〇九年十一月二十三日（星期一）～十一月二十四日（星期二）

現在時刻是下午兩點三十五分。

衛星導航上的「預定抵達時間」顯示為下午三點十分。

即使真的準時到達，也趕不上約好的三點。我踩緊油門，駛著租來的汽車加速前進。

經過山間鞍部時，眼前出現雄偉的八岳[8]雪景，一片銀裝素裹印入我的眼簾。

上午九點多離開東京的租車公司時，衛星導航顯示預定抵達時間為中午十二點半，也就是兩個小時前。無奈中央高速公路發生追撞車禍，造成嚴重堵車，下交流道時已比預定時間晚了一個多小時。開車實在不好抓時間，我真該搭電車來的。

正值觀光淡季，下高速公路後人車稀少，路況相當良好。

路樹枝枯葉落，大地正換上冬裝。

七年前的十月中旬，熊切敏和新藤七緒也曾開車奔馳在這條路上。當時楓葉正紅，想必景色一定很美。

下午三點多，我抵達別墅區入口。雖說是入口，卻連門也沒有，只貼了一塊寫著「南阿爾卑斯山　××別墅度假區」的原木招牌，任何人都可以自由出入。

放慢車速駛進別墅區，很快就看見管理室的指示牌。我照標示開車上坡，沿著柏油路前進約兩百公尺，到達一棟樸素的木造平房。「應該就是這裡了吧！」將車子停在房前以繩索拉出的停車格後，我匆匆忙忙地下車進入管理室。

雖然我遲到了一會兒，管理員伊藤（假名）仍滿面笑容地迎接我。他年約六十歲，身材矮小，看起來人很隨和。

簡單打完招呼後，我開車跟在伊藤的小貨車後面，跟著他去案發山莊。那是一條未鋪柏油的山路，一路上沒有半台車，開了約四、五分鐘便看到那棟別墅。

我曾在雜誌和談話節目中看過這座「殉情舞台」——兩層樓的木屋，深綠色的大型三角屋頂，上頭的藍色煙囪令人印象深刻。

伊藤打起雙黃燈，將小貨車停在山莊旁落葉四散的空地。我跟著把車停在他的旁邊。

他下車拿著鑰匙串往山莊門口走去，我見狀急忙跟上。

別墅的木製大門看起來非常堅固，我對正用鑰匙開門的伊藤說：「案發當時

8. 日本跨越長野縣和山梨縣的山塊。

湧進了大批的警察和媒體，你們根本應付不過來吧？」

「一開始媒體每天都來報到，但過了一、兩個月後就沒人來了……」

木製大門打開後，山莊內部飄來一股芬芳木香。

「七年前也是你開的門嗎？」

「是的。我通常都是早上九點前到公司，那天應該是八點五十分左右到的吧？來的時候管理室前停了一輛車，有個男人一臉蒼白地衝下車，叫我幫他開這棟別墅的門……」

伊藤從玄關鞋櫃中拿出豆沙色的拖鞋。他口中的男人，應該就是第一發現人森角。

「請進。」

穿上伊藤拿出的拖鞋，我走進山莊內部。在遮光窗簾的遮蔽下，室內有些幽暗。為營造出山間木屋風格，牆壁木板並未特別上漆。

「一問之下，才知道他的朋友可能死在別墅裡。匆忙趕到這裡後，按了好幾次門鈴都沒有回應……我只好用備用鑰匙開門。」

「那時你有進入別墅嗎？」

「沒有，我在玄關等。」

「所以只有那個男人自己進去？」

「嗯，沒錯。」

為了讓我看清屋內擺設，伊藤機靈地拉開窗簾，讓陽光從窗戶照進來。我閑步觀察整間屋子。

那是約四十坪大的木板客廳。

客廳中間放著一套藤製沙發組，角落是一座火爐，火爐旁有原木樓梯可通往二樓。客廳旁是簡單的廚房，以及放著六人座木紋餐桌的飯廳。

再往裡面走，我發現飯廳後方還有一間用門板隔出的房間。

我問伊藤：「可以打開嗎？」

「可以啊。」

慢慢推開房門，是一間約三坪大的幽靜日式房。

房內窗簾緊閉，幾乎沒有家具，棉被堆在房間一隅。

「那天就是在這間房裡找到昏倒的兩人嗎？」

「沒錯。啊，我們可是馬上就換了新的榻榻米喔，畢竟不換實在有點噁心。」

「你有親眼看到他們昏倒的樣子嗎？」

「當時我人在玄關，看不到這間房間。不過，我聞到一股很刺鼻的臭味。」

「刺鼻的臭味？」

伊藤指著眼前的木製餐桌。

「我發現這個桌上有嘔吐物，接著那個男的衝出房間，說有人吞安眠藥自殺，趕快叫救護車，於是我就拿出手機撥一一九。」

「當時桌子上有什麼東西？」

「桌上嗎？……我記得有一百八十毫升裝的燒酒瓶，還有酒杯之類的東西。」

「還有其他東西嗎？」

「其他東西？我沒注意耶……」

「有攝影機嗎？」

「攝影機？……這我就不清楚了。」

「這樣啊……」

簡單問完話後，我脫下拖鞋進入房間。

那是一間平凡無奇的三坪大日式房間。

一想到這兒就是兩人殉情的地點，我心中的感覺真是難以言喻。

在房內繞了一圈後，我拉開窗簾，刺眼的陽光傾瀉而入。我一邊用手遮光一邊打開窗鎖，冷風吹了進來，刺得我臉頰發疼。

眼前是一片湖泊。

夕陽湖色——這是新藤七緒七年前看到的湖景，也是熊切命終之時所欣賞的景致。

此時，美麗的湖畔風景亦烙印在我的心中。

大致看完整間別墅後，我拿出數位相機到處拍照。

下午四點多，森林中已是薄暮冥冥。我向伊藤道謝後驅車離開，前往事先預約好，位於甲府車站附近的商業旅館。

中途在國道旁的親子餐廳用完晚餐後，到達旅館已是晚上八點多。

沖完澡，我打開筆記型電腦，整理今天的採訪內容。

那位管理員看起來不像在說謊，如果是裝的，演技未免也太高明了。況且，如果伊藤真是幫兇，又何必答應受訪？所以他的證詞是可信的。

不過，就算伊藤說的是事實，案發當天他並未親眼看到熊切與新藤，也不確定別墅裡有沒有攝影機，所以無法證明心中案的真偽。

停下打電腦的手，我喝了一口從旅館自動販賣機買來的啤酒。

這場別墅殉情到底是真是假？

若是「假」，代表著新藤七緒從頭到尾都在演戲，所說的一切都是謊言。

到目前為止，我一共採訪新藤七緒兩次，其中有幾點令我特別在意。基本上她對我的提問來者不拒，只有三個問題拒絕回答，又或是避重就輕——

①她當上熊切秘書前所追尋的「夢想」。

②她愛上了熊切的「人格缺陷」，但她不肯具體回答那個缺陷究竟是什麼。

③她說「神湯堯絕對不可能殺害熊切」，卻不肯回答為什麼。

每次訪問前，我一定會跟採訪對象說「若有不方便回答的問題，可以不回答」。事實上，這些「不方便回答」的問題通常暗藏了受訪者的真心話。就這個案件而言，以上三點很有可能就是解開謎團的關鍵。

我特別在意第三點，也就是「神湯堯」這個名字出現後，新藤七緒所產生的變化。

她憑什麼一口咬定「神湯絕對不可能殺害熊切」？這句話的根據為何？當我說出「神湯堯」三個字時，她的表情明顯有些動搖。很顯然地，她和神湯一定有什麼關係。

一口氣喝完啤酒丟到垃圾桶，打開另一罐。

目前尚無任何證據可以證明這是一樁假殉情，要說熊切是死於非命實在言之過早。

我並非要否定「心中」這個行為的存在，相反地，我對「心中」這個日本特有的文化懷有近乎憧憬的情感，如果有機會，我也想嘗嘗看這種「死了都要愛」的滋味。

如果熊切的殉情不假，那麼他最後所說的「未經歷墮落之愛的人絕對無法理解的終極喜悅」到底是什麼呢？

一口飲盡第二罐啤酒，任憑酒精在體內流竄，一股醺醺然的醉意油然而生。

關上電腦，躺上床鋪。

晚上十一點三十分，就寢。

八點多起床。

昨晚不過喝了兩罐啤酒，七點鬧鐘鈴響時卻怎麼都爬不起來。

在旅館的咖啡廳兼餐廳用完簡單的早餐，我於九點二十五分退房，到旅館停車場取車。

昨天我已事先將今天要去的地址輸入衛星導航，在甲府鬧區開了約二十五分鐘，便到達今天的目的地。

那是一棟五樓高，貼滿晶亮玻璃鏡面的辦公大樓。

我將車停在大樓旁的投幣式停車場，進入大樓，按下電梯三樓鍵。

「J保全公司」的櫃檯就位於電梯門口。

我向櫃檯小姐說明自己是預約十點的訪客，等了約兩、三分鐘後，一位身穿制服的嬌小女性出來接我，我跟著她進入公司內部，走過辦公室長廊，來到一間偌大的會議室。

能容納約二十人的桌子幾乎要占滿整個房間，牆上貼著保全公司的海報和月曆，後方架子上則擺滿了獎狀和獎盃。

五分鐘後，一位頭髮斑白的男性走了進來。他看上去年約四、五十歲，一身深藍色西裝，膚色黝黑，體格健壯，他是這間保全公司的幹部——山下（假名）。

交換名片後，剛才引導我的女性再度開門進來，放下咖啡便離去。

山下瞇起雙眼，看著我的名片說：「大老遠跑這一趟真是辛苦你了。」

「不會，您太客氣了。」

山下原是一位警官，去年辭職後進入這間公司。七年前，他是甲府北署刑事課搜查一組組長，也是熊切殉情案的搜查指揮官。
其實剛開始調查這個案子時，我就對山下邀訪了好幾次，但他都以太忙為由拒絕。皇天不負苦心人，在我不厭其煩的死纏爛打下，他終於答應見我一面。
「為什麼要調查這麼久以前的案子？」
「我從以前就對這個案子很有興趣，想幫雜誌寫一篇報導。」
「這樣啊。你打算寫什麼樣的內容？」
山下劈頭就是一連串問題，他的態度從容，卻是皮笑肉不笑，令我有置身偵訊室的錯覺。
「類似『追尋殉情真相』這種報導。我看過案發當時的報導資料，其中有很多疑點，所以才想查明案件的來龍去脈，解開謎團。」
在報導問世之前，我不想讓外人知道已採訪到新藤七緒的事，所以刻意按下不提。
「因此才想要訪問當時的搜查指揮官，也就是山下先生您。」
「我在電話中已經說過，這件案子並未以刑事送辦，當時我搜查的時間也只有短短一個禮拜，不一定能幫上你的忙。」
「我想請問您當時的搜查狀況，只要告訴我您記得的部分就行了。為什麼警方會判斷這是一樁自殺案呢？」

此話一出，山下從容的表情瞬間崩盤，改以提防的眼神盯著我瞧。

「你……該不會懷疑這是一樁假殉情吧？」

我心一驚，彷彿心事被人看透，這時含糊帶過也不是辦法，只好一五一十向他招來。

「我覺得不無可能。」

「原來如此。」這句話像在自言自語。

他吸了一口氣後說：「……其實啊，我之前也懷疑過喔。」

「真的嗎？」

「一看到那個現場，根據刑警的第六感……我覺得這一定不是單純的殉情。」

這個答案令人意外，沒想到當時的搜查指揮官也認為案情不單純。

「……但是，之後的種種證據都顯示這並非假殉情。」

「您是說親筆遺書和影帶對吧？」

「根據鑑定結果，遺書確實出自熊切本人之手；影帶內容也顯示死者有明確的自殺意圖，每項證據都指向這是一樁自殺案……嗯，只能說，我的第六感失靈了。」

「您有看過那卷影帶是嗎？」

「當然看過了。現場找到一台攝影機，裡面的影帶錄有殉情全程。」語畢，山下輕嘆了口氣，將咖啡杯握在手裡。

影帶真的存在。

不過，前提是他說的話是真的……

「現場只有攝影機裡的那卷影帶嗎？」

「不只……我記得攝影包裡還有另外兩卷錄滿的影帶。」

「所以一共有三卷。裡頭錄了什麼呢？」

「就普通的私家影帶，男性死者和情婦親暱互拍的畫面。」

「具體錄了些什麼呢？我聽說熊切曾在鏡頭前交代遺言。」

「嗯……有。我記得他對著鏡頭說『我等等就要死了』之類的話。」

「確定是熊切本人嗎？」

「千真萬確。是他本人，不會有錯。」

「原來如此……其他還有什麼畫面？」

「情婦壓碎安眠藥，把藥加入酒裡……還有兩個人喝藥的畫面，殉情全程都錄進去了。」

「先喝安眠藥的是誰？」
「女性先喝的。」
「先喝安眠藥，代表那位女性也有自殺意願對吧？」
「沒錯。」
「有照到熊切喝安眠藥的畫面嗎？」
「有，當然。」
「其他還錄到了什麼？」
「其他嗎？……啊！」
山下欲言又止，彷彿在思考著什麼。
我靜靜地等他把話說完。山下啜飲了一口咖啡，繼續說道：「……我不知道這能不能說。影片裡有男女裸身在做那檔事……也就是性愛畫面。」
「性愛畫面？」
「對……嗯……該怎麼說呢？他可能有這方面的興趣吧。」
這是全新的情報。雖說熊切是紀錄片導演，但連自己的性愛畫面都要記錄也未免太誇張了。
「熊切有進行司法解剖嗎？」

「有是有，不過沒發現任何疑點，死因是攝取過量安眠藥所導致的循環不全和呼吸衰竭。遺體沒有外傷，也沒發現安眠藥以外的毒物成分。也就是說，鑑定結果證明，熊切是自己喝下安眠藥後中毒身亡。」

「是誰判斷不以刑案送辦的？」

「是我。因為無論是情婦的證詞，還是現場的狀況、證據都沒有矛盾……」

「假設……只是假設喔！高層曾命令你們中止搜查過嗎？」

「沒有沒有，絕對沒有那回事。為什麼上頭要下這種指令？」

「死者熊切曾拍攝紀錄片控訴警界腐敗，您知道這件事嗎？」

「……這我就不清楚了，我對電影沒興趣。」

「有沒有可能是因為警方高層視熊切為眼中釘，所以故意吃案呢？」

「你什麼意思啊你？」

山下瞬間沉下臉。

空氣中彌漫著緊張的氣氛。被我說中了……是嗎？

正當我這麼想時，他突然大笑出聲。

「不可能啦，你以為在演電視劇喔？這很明顯就是一樁殉情案，現場留有鐵證，無庸置疑。我懂你想要把報導寫有趣一點的心情，但你的想像力也未免太豐富了吧！」

山下笑著說完，將咖啡一飲而盡。我想這個話題是問不下去了，只好換了一個問題。

「嗯……那卷殉情影帶，現在在哪裡呢？」

「非刑案的證據通常會還給家屬。」

「所以是在熊切太太手裡嗎？」

「你會想要收藏自己老公和其他女人的性愛影片嗎？他太太當然是會拒絕領取。」

「那帶子現在在哪？」

「應該被警方處理掉了。」

「處理掉了？真的嗎？」

「嗯。」

影帶被處理掉了……唯一能證明事件真相的證據就這麼沒了……

這個事實令我非常沮喪。

「那個……最後可以再讓我問一個問題嗎？」

「什麼問題？」

「您剛才提到刑警的第六感……以前當警察時，您的第六感很靈嗎？只有這個案子出錯嗎？」

聽完我的問題，山下噗哧一笑。

「不不不，我的第六感常常失靈。如果真這麼神，我現在怎麼可能在這裡，早就當大官啦！」

中午十二點三十分，我從甲府南上交流道，踏上往東京的歸途。和來時不同，一路上車量不多，通行無阻。

開車途中，我思考著山下所說的話。

事情真是霧裡看花越看越花。搜查指揮官山下認為熊切的殉情並非偽裝，且他的說法和新藤七緒並無出入。

不僅如此，山下還告訴我一個非常重要的資訊。

殉情影帶已被警方處理掉了。

能證明殉情真偽的唯一證物，如今已經不在了。

這卷影帶真的存在嗎？如果這是一場假殉情，代表從頭到尾根本就沒有什麼影帶。如果真是這樣，山下又是受了誰的命令「無中生有」，阻止這樁案件以刑案送辦呢？

另一方面，如果該影帶只是一場「謊言」，山下又為什麼要說影片中有兩人的性愛畫面？還是說，這是他為了加強謊言可信度的手段？如果真是這樣，他的想像力才「未免太豐富了吧」！

握著方向盤，我一邊想像熊切和七緒裸身交媾的畫面，但也許是因為缺乏想像力，我始終無法在腦中描繪出該情景。

▼二〇〇九年十二月四日（星期五）～十二月五日（星期六）

自上次到山梨採訪已過了十天。

而距離新藤七緒答應受訪、我正式開始調查這件案子，也已快滿一個月。一開始事情進行得還算順利，現在卻走進了死胡同裡。

首先，熊切的遺孀女星永津佐和子拒絕接受採訪。

早在七緒答應受訪前，我就曾向永津的經紀公司邀訪，但怎麼樣都聯絡不到她的經紀人。

前幾天好不容易聯絡上經紀人，得到的卻是「永津不願對該案做任何回應」這種回答。

我當然不可能就此放棄，雖然使出三寸不爛之舌，卻被潑了一頭冷水。對方甚至放話：「現在重提這樁殉情案會重創永津形象，希望你能識相停筆，如果有任何不當的報導內容，我們將會訴諸法律。」

告就告，誰怕誰。這件殉情案當初震驚了整個社會，永津方面沒有權利要求我停筆。

何況熊切敏和永津佐和子都是公眾人物，在報導中以真名示人也不會有問題；至於新藤七緒、其他受訪的一般民眾我一律使用假名，做好萬全的隱私保護措施。在無可挑剔的情況下，你告我只不過是在幫我做免費宣傳罷了。

比起法律問題，永津佐和子的拒訪對我打擊更大。畢竟都訪問到「情婦」新藤七緒了，我也想聽聽看反方，也就是「遭背叛的正妻」的親身說法。但既然對方不肯，那也沒辦法。

本案第一發現人、熊切娛樂公司的前製作人——森角啟二的邀訪過程也讓我吃盡了苦頭。自從和他通過一次市內電話後，他便人間蒸發。

之後我透過關係拿到他的手機號碼，約於十天前和他再度聯絡上，他在電話中表示自己願意受訪，調整行程後會再聯絡我，此後又音訊全無。我懷著怒氣撥電話給他，沒想到手機不接，簡訊不回，打電話到他上班的節目製作公司也說不在，留言給他也不回電，至今仍未取得他的聯絡。

惡運還沒完呢。

為了和疑似暗殺熊切的幕後黑手神湯堯接洽，我請一位跑政治線的報社朋友幫忙，他的一句「要採訪首相還比較容易」堵得我啞口無言。

據說神湯是最難約訪的政治人物之一，就連大型報社的政治線記者也常吃他的閉門羹，何況我只是一個名不見經傳的小記者，要調查的又是他的宿敵熊切敏的殉情案，神湯堯肯定對我不屑一顧。

為了「補償」我，友人幫我介紹了一位熟知神湯堯的政治線記者。那位記者出過不少分析知名政治人物的書，是成功訪問到神湯堯本人的少數記者之一。他願意在不記名的條件下接受我的採訪。

對於神湯堯涉案的可能性，他表示：「我想應該不可能。神湯身邊確實發生過幾樁離奇事件，比方說，他第一次參選眾議院議員時，最有希望的對手候選人在選前意外死亡，神湯因此當選。大約十五年前，神湯身陷收賄風暴，一位關鍵證人秘書也突然病故。每當神湯陷入危機時，總會有人『剛好死亡』助他度過難關，他踏著這些屍體才爬到了現在的地位。但七年前的殉情案應該與他無關，因為神湯從不做無利於己之事，殺害熊切對他沒有任何好處。而且，像神湯這種政治風雲人物，怎麼會把區區一個小導演放在眼裡？」

雖然主張神湯堯與熊切的死無關，但他接著又說：「只不過，神湯擁有大批盲從的信徒，其中甚至有被稱為『武鬥派』的狂熱團體。熊切侮辱神湯的電影上映時，的確傳出有人想要肅清他。所以，即使熊切的死與神湯本人無關，也有可能是『武鬥派』成員下的手。」

晚報也曾報導神湯身邊有一批危險的「信徒」。這位記者事後補了一句「但一切都只是謠傳啦」緩頰，並告訴我一個頗有意思的消息。

據說，神湯和他的信徒要清除「路障」時，會請地下非法組織派出「刺客」。因「神湯」（ka-mi-yu）音似「卡繆」（Camus），所以這些人還有一個別稱——「卡繆的刺客」。他們會想盡辦法和當事人接觸，為達成暗殺任務無所不用其極。而且，「卡繆的刺客」通常不知道自己為誰辦事、為何殺人。

最後這位記者特別告誡我：「我勸你別挖神湯堯的消息。我在寫神湯的相關報導時，遣詞用字都非常注意。因為如果寫錯了什麼，他的狂熱信徒可不會就這麼算了。如果你在報導內指稱神湯堯是熊切敏殉情案的幕後黑手，只會惹得一身腥。」

那天傍晚，森角終於接了電話。

他的說話方式依然粗魯。再次向他邀訪後，他表明自己明天上午有時間，正好我明天也空著，便和他約了上午十點鐘見面。

好事接二連三地發生。

之後我接到雜誌編輯的聯絡，說他們在編輯會議上決定，這篇報導將從明年四月開始連載。

皇天不負苦心人，這篇報導文學終於得以問世。但現在得意還太早，因為我還有一個任務尚未達成，那就是解開熊切死亡之謎。

隔天——

走出青山一丁目車站，我沿著外苑東路朝六本木方向前進。幾分鐘後便看到森角跟我說的義大利餐廳，他目前上班的製作公司就位於這棟建築物的六樓。

走進大樓後方通路，搭電梯前往六樓。

六樓整層都是節目製作公司的辦公室，牆上貼了許多該公司製作的綜藝節目宣傳海報。

我尋找著森角的身影，星期六上午的辦公室裡沒幾個人，正當我要向一位坐在桌電前、穿著帽T的長髮年輕男性搭話時，一個男聲從後方傳來。

「□□（※作者本名）先生？」

轉頭一看，一個戴著銀框眼鏡，看起來有些神經質的男人站在我後方，年紀應該超過四十五歲吧？頭上混著些許白髮。

走進辦公室，沿路處處可見散落在地上的電視台紙袋和裝箱影帶。

森角帶我來到一個用屏風隔出的談話空間。和我交換名片、簡單打過招呼後，他便離席不知道去了哪裡，回來時手上拿了兩罐綠茶。

「我只有這個可以招待你。」

「不好意思，百忙之中還來打擾您。」

「不會啦，只是我有點睡眠不足……電視台要我們大修明天的帶子，結果就剪輯到今天早上。」

「忙了一整晚嗎？真是辛苦。」

「也沒那麼辛苦啦，其實剪輯的時候我們製作人都沒事幹。」

說完，森角第一次在我面前露出溫暖的笑容。雖然他的說話方式有些粗魯，但似乎並不是壞人。

熊切殉情後，熊切娛樂公司也隨即解散。之後森角當了一陣子自由工作者，約在五年前進入這家出品許多電視娛樂節目、紀錄性節目的製作公司。目前他正幫大阪一家電視台的紀實特別節目製作影片。

「偷偷告訴你，在熊切大哥手下工作非常充實，比在這裡工作有意義多了！」

「在公司說這種話好嗎？」

「放心放心，禮拜六那些大頭才不會來咧，被聽到也沒差。對了，為什麼你現在還要調查這樁殉情案啊？」

森角拉開拉環，咕嚕咕嚕地大口暢飲綠茶。

和上次一樣，我刻意將新藤七緒按下不談，只提其他部分。過程中森角憋了好幾個哈欠，也不知他到底有沒有興趣聽。

一口氣說完後，我向森角要求錄音，取得他的同意後，從公事包中拿出錄音筆，按下開關，正式開始訪問。

「首先我想請問案發當時的情況，那天是熊切太太聯絡你，說收到熊切的自殺預告簡訊對吧？」

「對。那幾天我一直聯絡不到熊切大哥，擔心得要命。記得是九點左右吧，我接到佐和子姐的聯絡，之後就匆忙趕去她家。」

「熊切太太當時神情如何？」

「她表面看起來很鎮定，但心裡應該很慌，只是在我面前故作堅強。」

「你有看過那封簡訊嗎？」

「喔，有啊。」

「簡訊裡寫了什麼？」

「我不太記得了，好像是『等等我就要結束自己的性命』、『可能會給妳添很多麻煩』之類的。」

「那封簡訊真的是熊切傳的嗎？」

「什麼意思？」

「難道你沒有懷疑過，可能是有人在惡作劇嗎？」

「我沒想過耶。但不會有錯，那封簡訊確實是從熊切大哥的手機傳來的。」

「當下你有想過要報警嗎？」

「怎麼可能報警！他太太可是公眾人物耶，當然要在事情鬧大前把熊切大哥找出來啊！」

「但你們不知道熊切人在哪裡。」

「對。那時我叫了幾個員工一起幫忙。他常住的旅館、朋友家、常去的居酒屋……想得到的地方都找遍了，就是找不到人。」

「當時你有想到他可能和新藤七緒在一起嗎？」

「有。熊切大哥和她外遇在公司早已是公開的秘密……而且她從事發兩、三天前就音訊全無，我想熊切大哥有可能去了她的住處，就跑去她的公寓找人，結果撲了一場空。」

「為什麼你會想到山梨的別墅？」

「佐和子姐在書房的電腦裡發現別墅網頁的瀏覽紀錄，我靈機一動，想到他曾在那裡閉關寫作，就馬上打了網頁上的電話，但沒人接。也是啦，那時都半夜三點多了，有人接才奇怪。我想說直接去現場找人比較快，就飆車趕往別墅。」

「這倒是，半夜開快一點的話，大概兩小時就到了。」

「我在黎明前趕到別墅，發現熊切大哥的ＢＭＷ白色休旅車停在門口。我心想自己果然沒猜錯……但別墅大門深鎖，無論我怎麼按門鈴、敲門，都沒人出來應門。原本我打算直接破門而入，但大門很堅固，光靠我一個人的力量根本辦不到。無計可施之下，只好到管理室等救兵。」

之後森角敘述自己如何發現昏迷的兩人，和伊藤的說法如出一轍。

「看到昏倒的熊切和新藤時，你有什麼想法？」

「我心想完蛋了！因為桌上有很多空藥袋，還有嘔吐的痕跡……不過當時兩人還有呼吸，我立刻請管理員大哥叫救護車，沒想到還是來不及……那是我畢生最難忘的一天。」

「案發現場有攝影機嗎？」

「有，桌上放著熊切大哥隨身攜帶的採訪用小型攝影機，鏡頭正對著兩人昏倒的日式房間。我想，熊切大哥應該是想記錄自己的尋死過程，這的確很像他會做的事。」

「你有看過影帶內容嗎？」

「沒，我沒看過。影帶被警方扣押了。」

「你有備份嗎？」

「我連看都沒看過，怎麼可能有。」

「說得也是……不過，你不會想看那卷影片嗎？」

「嗯……不會耶。我想，熊切大哥一定是想把殉情過程當成自己最後的作品，粉絲、合夥人中也有人要求把這部『遺作』剪輯上映，但我做不到。我不喜歡消費死者，那太低級了。」

說完，森角將手中的綠茶一飲而盡。

如果影帶真的存在，我還以為森角會有備份檔案，但現在看來……

「熊切是什麼樣的人呢？」

「這個嘛……他總是很憤怒，我出包的時候可被他兇慘了。」

「他很情緒化是嗎？」

「嗯。天才都這樣，情緒一來就暴跳如雷，還常對不服他的工作人員拳腳相向……老實說，我常搞不懂他在想什麼。」

「新藤七緒又是什麼樣的人呢？」

「她是個待人親和、做事認真的好女孩，工作盡職負責。所以，聽說她和熊切外遇時，我簡直不敢相信。」

「她怎麼進入熊切娛樂公司的？」

「……好像是熊切大哥的朋友介紹的。」

「朋友？哪位朋友？」

「這我就不知道了……啊，對了！我曾經問過熊切大哥，但他卻說『不好說』，很少見他講話這樣扭扭捏捏的。」

「不好說？什麼意思？」

「誰知道。應該有什麼原因吧，可能是酒店認識的朋友之類的。」

森角是熊切的左膀右臂，沒想到連他都不知道新藤七緒進公司的原委。

「你知道政治人物神湯堯吧。案發當時，有傳言說熊切是被神湯暗殺的，關於這一點你有什麼看法？」

「蛤？」那一瞬間，森角明顯變了臉。

「……你在說什麼？根本就是胡說八道！」

「但熊切曾在《日出之國的遺言》中攻擊神湯堯。我聽說，有一陣子熊切娛樂公司常收到恐嚇信，熊切還幾次身陷危機。」

「那些都是媒體的誇大報導……熊切大哥是死於殉情，神湯堯絕不可能殺害熊切。」

森角拿起剛才喝完的綠茶往嘴裡倒，喝掉僅剩的水滴。

很顯然地，他開始焦躁不安。

「為什麼你那麼篤定神湯堯不可能殺害熊切？」

「……你到底想寫什麼報導？如果你要寫暗殺之類的白痴陰謀論，我可不願意幫忙。」

「我明白了。但為什麼你會說神湯絕不可能殺害熊切呢？有什麼根據嗎？」

「就跟你說了，熊切大哥是自殺……警察也這麼說了不是嗎……其他我一律不知情！」

森角板起臉孔，不再說話。

之後的幾個問題，森角全不肯正面回答，僵持一陣子後他說：「我很忙，差不多該結束了吧！」雖然我還有其他問題想問，但他似乎無意再回答。

最後，森角甚至起身準備送客，我無計可施之下，只好收拾東西走人。他把我「趕」到電梯門口，就連我臨別向他道謝時，他也只是一臉嫌惡地稍微點了點頭。一直到電梯門闔上前，森角都繃著一張臉。

走出大樓搭地鐵回家。週六下午的車廂較為空曠，我找了個位子坐下，打開筆電，記錄剛才的採訪內容。

森角聽到「神湯堯」三個字後明顯有所動搖，並以「很忙」為藉口終止訪談。也就是說，「神湯堯」這個名字有讓森角立刻終止訪談的魄力，這對我而言是一大收穫，森角很可能是在刻意隱瞞神湯堯的某些內幕。

今天還得到一個非常重要的新情報——就連製作人森角也不知道新藤七緒進入公司的原委。到底是誰介紹她進入熊切娛樂公司的？這位熊切也認識的「介紹人」究竟是誰？

另外，我很在意森角說的一句話——「神湯堯絕不可能殺害熊切」。

新藤七緒在第二次訪談中也說過同樣的話。這到底意味著什麼？

神湯有什麼理由不殺害熊切？難道真如那位政治線記者所說，「像神湯這種政治風雲人物，怎麼會把區區一個小導演放在眼裡」？但是，「神湯絕不可能殺害熊切」，能說得這麼篤定，應該有更確切的根據吧？

難道熊切握有神湯的把柄？

比方說，熊切得知神湯不可告人的秘密，並以此為籌碼和神湯談條件，仗著這個優勢在紀錄片中向他挑釁。而神湯因此視熊切為眼中釘，欲除之而後快，便暗中派出「刺客」殺害熊切。

但這不是「不殺害的理由」，而是「殺害理由」。

「假殉情」的想法在我腦中揮之不去。會不會七緒和森角都知道熊切枉死的真相，為了幫神湯脫嫌，才故意那麼說呢？

目前為止的調查內容重點如下。

● 殉情影帶已被警方處理掉。
● 新藤七緒和森角對「神湯堯」這個名字都非常敏感。
● 兩人皆斷言「神湯堯絕不可能殺害熊切」。
● 沒人知道新藤七緒進入熊切娛樂公司的前因後果。

將前後連起來看，我的心中浮現出一個假設——一個埋藏在內心深處已久，令人毛骨悚然的推測。

新藤七緒，會不會是卡繆的刺客呢……

難道是神湯堯或狂熱信徒雇用了她，派她刺殺熊切敏？

為了達到目的，她在熊切娛樂公司潛伏了一年，誘惑熊切外遇，假殉情，真謀殺。

這樣一切就說得通了，包括她的「錄用之謎」。

據新藤七緒的說法，她現在沒有固定工作，因健康問題也辭掉了打工。那麼，她如何養活自己？父親的工廠已經倒閉，照理來說，她應該沒有任何家產。

難道她在殉情案後，拿到了一輩子也花不完的錢財，作為完成「行刺任務」的報酬？

當然，如今我仍沒有證據，一切都只不過是平空想像罷了。但比起「與愛共赴黃泉」這種飄渺的理由，你不覺得這套推理更貼近現實嗎？

隱藏在濃霧中的真相——雖然還很模糊，但也逐漸露出了輪廓。

▼二〇〇九年十二月十一日（星期五）

自開始採訪新藤七緒已過了一個月。

這場殉情到底是真是假？我為了追求真相而展開調查，卻遲遲無法找到決定性證據。

雖然雜誌編輯和我說：「我們已經取得新藤七緒的證詞，這篇報導已是價值非凡。」但我總覺得不夠。

於是，我設定了一顆「炸彈」。

一顆能炸出真相、讓我確認熊切敏殉情案真偽的定時炸彈。

按下錄音筆開關後放進口袋，下午三點五十五分，我來到新橋站附近的街頭一角。

眼前是一棟破舊的綜合大樓。

明知山有虎，偏往虎山行。我非常地清楚，自己這一進去，可能永遠都出不來了。

推開大樓的玻璃門，我一邊觀察四周，踏入陰暗的門口。

樓梯旁邊是外裝剝落的信箱，看起來有些年頭了。看了看信箱名牌，有會計事務所、出版社、貿易公司，但我要去的五〇七號房卻是一片空白。因遍尋不著電梯，只好爬樓梯上五樓。

樓梯間陰暗潮濕，散發著陣陣霉味。

我一步一步向上爬，一口氣爬到四樓時已是氣喘吁吁。我停下調整呼吸，瞬間有些想打退堂鼓。然而，等雷鳴般的心跳稍微平息後，我的腳還是不受控制地踏上樓梯。

出了五樓，走過長廊，終於抵達目的地五〇七號房。雖說一樓的信箱上什麼都沒寫，這兒的門前卻光明正大地掛著一塊木製招牌，上面用強勁的毛筆字寫著政治團體的名稱。

神湯堯的追隨者當中，有一個被稱為「武門派」的政治社團。據說他們是神湯堯和地下幫派之間的橋樑，主張熊切敏是被暗殺的報導中經常會提到這個社團的名字。

幾天前，我向該社團首領高橋（假名）邀訪。據悉，高橋是神湯在地下幫派的「代理人」，專門幫神湯向非法組織下令，替他為非作歹。我認為高橋很有可能涉及神湯身邊的「離奇死亡」，所以想要向他問個清楚。

不過，高橋和神湯一樣是不輕易露臉的，且從未在媒體前曝光過。邀訪時，我已作好被拒絕的心理準備，沒想到對方卻一口答應。

不知道是因為爬了五樓樓梯，還是因為緊張，我莫名地感到口乾舌燥。

乾吞一口口水，按下門鈴。

十幾秒後，對講機中傳來男性含糊而低沉的聲音。

「找誰……」

我說自己是預約四點的訪客。

過了一會兒，門開了。那一瞬間我簡直要嚇破了膽，裡頭走出一個穿著工作服，有如凶神惡煞般的光頭男。

定睛一瞧，才發現那是一個臉龐稚嫩的青年，頭看起來像是剛剃的，且言行舉止還很有禮貌。二十出頭嗎？不，也有可能只有十幾歲。他拿出室內拖鞋，請我脫鞋進屋。

雖說是辦公室，設備卻十分簡樸，裡頭僅放了兩張辦公桌，除了那位青年之外不見任何人。他帶我走過空無一人的辦公室，進入隔壁的會客室，一間鋪著紅色地毯的五坪大房間。

光頭青年領我至中央的皮沙發坐下，深深一鞠躬後便轉身離開，將我獨自留在這豪華的會客室中。

抬頭一看，天花板吊著一座巨大的水晶吊燈，若掉下來我必死無疑。一想到這裡，我彷彿覺得上頭的水晶正瞄準著我一般，草木皆兵，不得安寧。

突如其來的敲門聲嚇得我心臟差點跳出來。進來的不是高橋，而是剛才的光頭青年，他用托盤送來了熱茶和茶點。

將東西放在桌上後，他彬彬有禮地說：「高橋馬上就過來，請您稍候片刻。」說完便離開房間。

因為實在口渴，我瞥了一眼桌上的茶，心想他們應該不至於下毒吧。打開杯蓋喝了一口，還真好喝，應該是高級茶葉。正當我要喝下一口時……

隨著敲門聲響，一位風度翩翩的男子開門走了進來。

他留著一頭短髮，身材高挑，上半身是一席熨燙平整、潔白如新的襯衫，下半身則穿著深灰色的西裝褲，流露出一股俐落的氣息。近五十的年紀，看起來卻比實際更年輕。

「讓您久等了。」高橋面帶柔和笑容走向我，與其說是政治社團的首領，他更像藝術家。

簡單打過招呼、交換名片後，高橋坐了下來，看著我的名片說：「您找我有什麼事？」

老實說在見到他之前，我心裡非常的緊張，然而見到他本人後，卻莫名地鬆了一口氣。

「我想要寫有關神湯議員的報導，所以想向您打聽他的事情。」

「神湯議員啊……原來如此。是什麼樣的報導？」

高橋笑盈盈地看著我，那雙眼眸有如溪水般清澈。

「您認識一位叫做×××（新藤七緒本名）的女性嗎？」

高橋雙手抱胸，歪著頭想了一陣道：「不，我不認識……」

他接著問：「這位女性和神湯議員有什麼關係嗎？」

「您應該知道七年前過世的導演熊切敏吧。」

「知道。」

「……××× 是熊切的情婦，也是殉情案的生還者。」

「……喔。」

高橋意味深遠地稍微點了點頭。實在很難想像，這樣指顧從容的一個人居然是作惡多端的政治團體首領。

「為什麼要跟我提她？」

「我懷疑，是她殺了熊切敏。」

廢話不多說，我立刻切入正題。他依然不動聲色，面帶笑容。

「原來如此……然後呢？」

「熊切和神湯堯一直都不合，且案發當時，有傳言說熊切是被神湯暗殺的。我懷疑，那位女性是神湯派去殺害熊切的刺客。」

「刺客……是嗎？」

「對。」

聽完我的回答後，高橋緩緩地靠在沙發上，接著說道：「然後呢？您來這裡的目的是？」

「我需要情報，能證明神湯堯就是熊切敏殉情案幕後主使的情報。」

我明白自己這段話有多愚蠢。

我也知道，即使高橋真和熊切的死有關，也絕不可能點頭承認。我只是想觀察他的反應。

然而，高橋臉上卻依然掛著從容的微笑，似乎對這段對話樂在其中。

於是，我又說了更蠢的話。

「我懷疑，是神湯堯殺了熊切敏。」

那一瞬間，高橋收起了笑容。

緊接而來是一片沉默。

這，就是我裝置的「定時炸彈」。

今天我來這裡的最大目的是要讓高橋知道，「我懷疑熊切敏殉情案從頭到尾都是一場騙局，我之所以寫這篇報導，是為了證明神湯堯才是幕後主使者」。

這麼一來，他一定會想辦法阻止我。

當然，我知道這麼做會讓自己身陷危機。

我不知道這顆炸彈會帶來多大的災難，最糟的情況，我可能會因此而喪命。

他越是不擇手段，越能證明這是一場「假殉情」。明知有危險，但我別無選擇，因為這是查出真相的唯一辦法。

我靜靜等待他再度開口。

他恢復剛才的優雅微笑，問道：「您為什麼要調查這個案子？」

「什麼意思？」

「是接受了誰的委託嗎？」

「不是，我只是想以記者的身分揭開這件案子的真相，將事實寫成報導公諸於世。」

「如果是這樣的話……請您心平氣和地聽我說，恕我直言……」

「……什麼？」

「您根本就搞不清楚狀況。」

「……什麼意思？」

高橋用憐憫的眼神看著我。

「議員根本不可能對熊切下手。」

這句話彷彿一記重拳擊落在我身上。

這是什麼狀況？新藤七緒和製作人森角也說過同樣的話。

我忍不住傾身向前追問道：「您是說，神湯根本不把熊切這種小導演放在眼裡嗎？」

「不不不……大錯特錯。」

「那您憑什麼那麼說？」

「您真不知道？」

「……對。」

「真的？」

「是。」

高橋深深嘆了一口氣，說道：「既然您人都來了，我就告訴您吧，議員不可能對熊切下手的理由。」

高橋沒有繼續說下去，只是默默地盯著我瞧。

我也靜靜地等待他開口。

「您說議員和熊切不合，實際上並非如此。」

「咦？」

「議員和熊切關係非常好。那部熊切侮辱議員的紀錄片……片名我忘了，您知道那部作品的真正出資人是誰嗎？」

「真正出資人？……不是熊切娛樂公司自費拍攝的嗎？」

「不是……那部片其實有個幕後出資人。」

「是誰？」

「神湯議員。」

「咦？……」

「議員是熊切導演的忠實粉絲，熊切公司一直為經營所苦，議員還為他提供了不少金援。那部作品……」

「您是說《日出之國的遺言》？」

「對，那部作品也是議員出資拍攝的。」

「可是，神湯在那部片中侮辱神湯堯，還踩他的照片不是嗎？」

「那是宣傳啦，宣傳！」

「宣傳？」

「他那麼做是為了引發關注，實際上也引起了軒然大波不是嗎？」

「但是……那樣做對神湯堯一點好處都沒有啊……」

「有啊。多虧了那部電影的宣傳，很多人才知道神湯議員是擁有撼動政局實力的大人物，議員的政治地位也因此更加穩固。有政治學者分析，這部片的影響力甚至延燒到隔年的國會選舉。」

這一切未免太玄了。

神湯堯是熊切娛樂公司的金主，也就是說，導演熊切敏和政治大老神湯堯的敵對關係根本就是「假象」。但令人驚訝的可不只這些，接下來高橋說的話更是出乎我的意料之外。

「神湯議員會幫熊切出資有一個很大的原因，您知道是什麼嗎？」

「不……我不知道。」

高橋愣了一下，說：「……您還真的什麼都不知道呢。」

雖然不動聲色，但他明顯有些怒氣。

我彷彿一個做錯事的孩子，只能乖乖被老師責罵。

「一個有政界首領之稱的政治大老，竟然為一個導演出資拍片，還幫他度過經營難關……就算是忠實粉絲，您不覺得有點不對勁嗎？」

「……這倒是。」

「議員之所以會幫熊切出錢，是因為……」

高橋看著我的眼神中，有著深深的慈悲與憐憫。

「議員畢竟也是慈父情懷啊。」

「慈父情懷？……什麼意思？」

「……您細想便是。」

語畢，他將視線移向窗外。

神湯堯因為「慈父情懷」，所以才對熊切伸出援手——

因為他是熊切的「父親」？

……真令人難以置信。

如果高橋說的是事實，等於否定了神湯堯暗殺熊切的可能性，完全推翻了我的理論。

「所以，神湯議員絕不可能殺害熊切敏，我們這些議員的追隨者也不可能傷害熊切。而且……」

高橋傾身向前，一雙眸子直直瞅著我。

我感受到他眼眸深處的「邪惡之氣」。

那讓我全身僵硬，不寒而慄。

「議員本身也很想知道喔，熊切『心中』的真正原因。」

據傳高橋作惡多端，雙手沾滿了鮮血。我想，每每奪人性命時，他一定都是用這副邪惡冷眼送人上路。

「您完全搞錯方向了。請您回去重新思考，自己到底被賦予了什麼任務，肩負何種使命。」

高橋依然緊盯著我瞧。

「眼見，不一定為憑。」

那雙眸子彷彿催眠師般眨也不眨。

「這個案子的關鍵就在於……視覺的……」

他向前稍微挪了挪身子，繼續說道：

「死角。」

「視覺的死角？」

「沒錯，如今你最重要的課題，就是明白這是什麼意思。」

他的眼神犀利得彷彿要貫穿我的身體。

過了一會兒，高橋放鬆表情，換上了一如往常的優雅微笑，向我伸出那雙就男性而言有些過於細長柔軟的手。

我戰戰兢兢地伸出的右手，他用雙手握住我的手說：「拜託您，一定要解決熊切敏殉情案，好讓議員安心。」

我不知道該說什麼好，只茫然地回了一句：「當然。」

高橋露出悟道高僧般的笑容，鬆開了我的手。

待了約二十分鐘後，我告別了政治團體辦公室。

進去前，我曾作好有去無回的心理準備，但現在看來一切都是杞人憂天。

我蹣跚地走下樓梯，離開綜合大樓。

雖然還不到四點半，卻已是夜幕初垂。我將口袋中的錄音筆關掉，踏著落日餘暉走向ＪＲ新橋站。

腦中陷入一片混亂，彷彿中了催眠術似的。

高橋說的「神湯堯絕不可能殺害熊切」的理由讓我驚訝不已——

「議員畢竟也是慈父情懷啊。」

熊切真是神湯堯的親生兒子嗎？

神湯有三子。兒子是律師，幾年前當上國會議員，繼承父親的政治衣缽；兩個女兒皆已出嫁，就年紀來看孩子應該都不小了。

話說回來，以神湯的政經地位，就算有私生子也不奇怪。他如今高齡八十四歲，如果高橋所言屬實，神湯應該是在三十五歲時生下熊切，並基於慈父情懷給予兒子大筆金援。

我想，熊切之所以能進入電視台工作、創辦熊切娛樂公司，神湯應是幕後一大推手。當熊切發生經濟困難時，神湯立刻拿出一大筆錢援助愛子。而熊切在紀錄片強烈攻擊神湯的行為，只是為了引爆話題而演的「戲碼」。真沒想到，那部作品竟是他們父子倆攜手演出的鬧劇……

這麼一來就能說明，為何新藤七緒和森角會口徑一致地說「神湯堯絕不可能殺害熊切」了。

森角聽到「神湯堯」三個字時，彷彿變了一個人。

他一定是在隱瞞神湯和熊切是父子的事實。神湯與熊切的關係應該是熊切娛樂公司的禁忌話題，若被媒體嗅出兩人的關係，戳破神湯父子的「戲碼」，那可就糟了。一旦事情被公諸於世，鬧上社會新聞版面，森角很可能會被逐出媒體界，永無翻身的機會。因此，他聽到神湯的名字時神色才會如此慌張。

而新藤七緒也知道這件事。

從她聽到神湯名字時的反應看來，我本以為她和神湯堯暗中勾結，但現在想想，她應該只是知道神湯和熊切的關係。她和森角一樣，生怕這齣「戲碼」被人發現，只能隱瞞事實，幫熊切捍衛名譽。若真是如此，她的反應就說得通了。

走了約五分鐘，抵達ＪＲ新橋站的烏森出口。現在的我思緒十分混亂，沒心情回家，所以沒進車站，毫無目的地向中央路走去。

高橋說的話真的可信嗎？會不會是為了幫神湯和自己脫罪，才編出「熊切是神湯的私生子」這種可笑的藉口，故意混淆調查方向呢？

退一百步講，就算他們真是父子好了，現在這個社會殺子案比比皆是，這並不代表神湯絕不可能殺害熊切。

而且，縱然神湯疼愛兒子，但表面上他們卻是敵對關係。難保一些不知情的神湯信徒「搞不清楚狀況」，看到熊切侮辱神湯就對他下手。

無論如何，炸彈我是裝好了。如果高橋真是在欺瞞我，殉情真是神湯堯的「犯行」的話，他們絕不會就此放過我。

岔路口的綠燈亮起。

生怕有人在跟蹤我，我若無其事地偷看後方，卻只看到邊講電話邊走路的上班族、一臉臭臉的年輕上班女郎，以及東看西看、貌似中國人的觀光客。

平凡無奇的都會光景，毫無可疑之處。

我並不是非得找到「假殉情」的證據，但總覺得無法接受現在這個結果，真相依舊撲朔迷離。

我回想著剛才高橋的一番話。

——眼見不一定為憑。這個案子的關鍵就在於視覺的死角。如今你最重要的課題，就是明白這是什麼意思——

視覺的死角？

他的意思是，這個案件還有我尚未察覺的黑暗角落，而我的任務就是照亮死角，解開殉情案之謎嗎？

用不著他說，我也會全力以赴。

高橋幹嘛說這種廢話？

要說案件真相……我比任何人都更想知道。

▼二〇〇九年十二月二十二日（星期二）

沿著冬季枯萎的水稻田，鹿島臨海鐵路大洗鹿島線的列車直奔南方。雖說是臨海鐵路，此刻外面卻沒有海，列車穿過山間彎路，進入住宅稀疏的街區，最後停在位於高架橋上的車站月台。

一下車，一陣刺骨的強勁北風迎面吹來，我不禁豎起外套的衣領，冷得直打哆嗦。

在水戶站換車後，經過四十分鐘的車程，終於抵達人煙稀少的Ｓ站。八點多從東京家中出發，竟花了三個小時才到這裡。

車站牆上只有一塊地方銀行廣告，除此之外沒有任何看板和海報。

走下有些殺風景的水泥樓梯，出站走向車站門口。原本我打算叫計程車的，卻在商店旁的長椅上意外發現新藤七緒的身影。沒想到她竟然來接我，這讓我頓時有些不知所措。

「妳特地來接我嗎？」

「不要緊的，地方不太好找，離車站又遠，怕你迷路。」

「這樣啊……不好意思，謝謝。」

她圍著白色圍巾，穿著深藍色羽絨外套，頭上的粉色毛帽和她非常相配。距上次見面已是一個月前，也許是因為候車室裡很冷的關係，她蒼白的臉頰今天終於有點血色。

聽她說是開車來的，我便跟著她到停車場取車。

來到車站西側的圓環，路邊沒有半家便利商店，公車站牌前一個人都沒有。計程車乘車處只有一台全黑的計程車在排班，如果她沒來接我的話，此時此刻我大概已經搭上這台車了。

走了一陣後，七緒的腳步停在圓環路邊的一台輕型車前。

藍色的車身有些褪色，應該是她的自家用車。七緒從外套口袋中取出鑰匙，按下解鎖鍵，打開前座車門說「請進」。我一邊道謝一邊上了車，她則關起車門，隨後坐進駕駛座。

車內打掃得一塵不染，且沒有衛星導航裝置。現在沒裝導航的車已經不多了。她解開手煞車，發動引擎。

茨城縣H市——

看著車窗外的縣道風景，倒閉的加油站、拉上鐵門的餐廳吸引了我的目光。

開了一段路後，建築物逐漸減少，取而代之的是一片田邊景色。

七緒一路專心開車，沉默不語，我們之間瀰漫著一股微妙的緊張感，正當我準備打破沉默時，車子開上一條沿海道路。

窗外是一片被陰雲籠罩的灰色汪洋。

「這裡是鹿島灘喔。」她瞥了我一眼說。

沿著海岸開了五、六分鐘後，車子右轉開進山中，經過一段溫室連綿的田間小路，進入有零星民宅的村落，一番左彎右拐後，終於在一棟老舊木造房屋前停了下來。

這裡是新藤七緒的家。

雖說我已事先將地圖列印出來，但如果是搭計程車，還是很有可能會迷路。

那是一棟氣派的日式木造平房，屋齡少說有五十年以上。屋外有廣大的庭院，庭院外是木製的柵欄式圍牆。

七緒老練地倒車入庫，將車停進門口旁的停車位。

「到了。」

見七緒熄火下車，我也跟著下車。她小跑步到門口，拿出鑰匙迅速地開了鎖，拉開格狀拉門。

「請進，不好意思，家裡很髒。」

「不會不會，打擾了。」

一踏入玄關，一股老木屋的特有香味撲鼻而來，那是記憶中令人懷念的味道。脫鞋進房後，她帶我沿著庭院旁的木板走廊走向客廳。

約十坪大的日式客廳印入我的眼簾。

掛有水墨畫的凹間，旁邊放著一座老舊的佛壇。

她拿出坐墊，請我在擦得晶亮的桌子前坐下。

「這麼大的家就妳一個人住啊？」

「雖然很大，但如你所見已經很破舊了。最近這附近地層下陷得很嚴重，仔細看你會發現這個客廳其實是斜的。」

我俯身瞧了瞧榻榻米，確實有些傾斜。

「……真的耶。」我和她對視而笑。

「你要喝茶還是咖啡？」

「不好意思……那就咖啡吧。」

她點了點頭，隨後走向屋裡的廚房。

我懷著有些愧疚的心情目送她離去的身影。

為了和新藤七緒進行第三次訪談，今天我來到了她家。

之前約的咖啡廳因不方便久坐，也不適合聊太過深入的話題，所以這次我本想在水戶市內租間會議室，然而和七緒商量後，她提議可以到她家。

也好，我已不想再聲東擊西。今天我打算和她「攤牌」，全盤托出心中的疑問，直搗事件核心。

距拜訪高橋的政治社團已過了十天，這段時間我依然持續調查殉情案，但並沒有太大的收穫。

原本很期待高橋會做出什麼阻止調查的行為，但這十天我的身邊卻風平浪靜，沒發生任何暴力或危險事件。

雖說我已經挖到「神湯堯和熊切敏是父子」這條內幕消息，也從不少相關人士那拿到可信的證詞，但整篇報導還缺乏決定性的證據。

如果新藤七緒是「卡繆的刺客」，她和神湯堯之間應該會有掛勾。我循著這條線對神湯進行調查，卻一無所獲。之後，為了調查新藤七緒當上熊切秘書的詳情，我試著尋找當時熊切娛樂公司的員工及外部人員，事實上我也拿到了其中幾個人的聯絡方式，但他們不是拒絕受訪，就是聯絡不上，至今仍未打聽到任何消息。

因此，這十天調查陷入膠著，並未獲得突破性的新證據。

我已採訪新藤七緒超過一個月以上，為了確認殉情的真偽，我必須想辦法找出另外一條線頭，抽絲剝繭。

所以，今天我要向她坦白一切。

如果真如七緒所說，這場殉情並非偽裝，她是基於對熊切敏的真愛才選擇與他共赴黃泉，接下來我的所作所為可能會傷她甚深。這讓我感到愧疚不已，畢竟至今的採訪過程中，她一直都非常配合。

不僅如此，她還很有可能拒絕繼續受訪。但，一切都無所謂了，即使今天的訪談可能就是這篇報導文學的最終章……

十分鐘後，新藤七緒用托盤送來白煙裊裊的熱咖啡和西點。

我和她閒聊了一下，但一想到這也許是最後一次和她聊天了，便開始覺得有些不捨。

佛壇牌位旁有張遺照，上頭是一位優雅的白髮女性。七緒說，那是她死於肺癌的母親，兩年前母親去世後，她便獨居在這間超過百坪的大房子裡。

「母親去世時，我本想將這個家賣掉，一個人搬到小公寓住，但還是捨不得……」她憂傷地看著佛壇說道。

「……雖然這個家充滿了不好的回憶，我父親也是在這個家死去的……」

母親的遺照旁有一張黑白照片，上面是一位留著鬍子、身材瘦弱的中年男子。那應該就是在這個家自殺的七緒爸爸。

「令尊的工廠在這附近嗎？」

「對，不過幾年前已經讓渡給別人了……」

「這樣啊。」

「我啊……是個繭居族。」

「繭居族？」

「嗯。自事件發生以來，我深居簡出，經常把自己關在家裡。曾經我覺得這樣下去不是辦法，也試過出去找工作、打工，但每次都做不久。」七緒一臉沉鬱，雙手將托盤抱在懷裡。

我靜靜地聽她說下去。

「自從母親去世後，我做什麼都興致缺缺，一直把自己關在家裡。我已經沒有家人了，又成了孤獨一人……於是那個想法又出現了，為什麼我還活著……為什麼那時只有我一個人活了下來……」

說完後，七緒的視線落在自己跪坐的膝蓋上。

這天她紮著一束馬尾，在視線落下的同時，一撮亂髮落到了臉前。

她垂著眼眸，伸手將頭髮勾至耳後。

沉默片刻後，她再度開口。

「不過，最近我的精神有比較好喔。」

「真的嗎，太好了。」

「我想……一定是因為□□（※作者筆名）你的關係。」

「我？為什麼？」

被我這麼一問，七緒有些害臊地抬頭望向我。

「和你說話讓我心情舒暢。多虧有你，我才能將當時的事情毫無保留地說出來……說完後，有種將沉澱的記憶傾吐出來的感覺……最近我開始覺得，自己也許可以繼續前進……」

她再度垂下眼眸，雙頰浮上兩朵紅雲。

聽到她這麼說，我不會不高興。不可否認地，我已被七緒深深吸引，但同時，我也懷疑她是「假殉情」的幫兇……喔不，是兇手。

若事情屬實，代表她從頭到尾都在說謊，都在演戲，往演藝圈發展一定可以成為優秀的演員。

和她接觸後，我寧願相信這場殉情並非偽裝，希望七緒真是個願意為愛赴死的純潔女性……

但我是名記者，若沒有關鍵證據，怎可輕易相信她的片面之詞？如果這場殉情真的是一場「偽裝」，無論她是主謀還是幫兇，我都有揭發實情，將它公諸於世的責任。

於是，我按下事先放在桌上的錄音筆開關。

「那麼我們開始吧。」

【新藤七緒・第三次採訪錄音】

問：幾次採訪下來我產生了一些新的疑問。今天，我要問之前沒問到的問題，以及釐清這些疑點。

首先，你們殉情的那一天，熊切曾傳簡訊給太太永津佐和子預告自殺，妳有看到熊切傳簡訊嗎？

——不，我沒看到。

問：熊切死前曾傳簡訊給太太，這件事妳知道嗎？

——知道。

問：什麼時候知道的？

——住院的時候。警察偵訊時問了和你一樣的問題。

問：熊切瞞著妳在殉情前和太太聯絡……得知這個消息時，妳有什麼想法？

——不意外。我想，熊切一定是很愛他太太，所以才會事前告知吧。

問：可是，他跟妳殉情前竟然和別的女人聯絡耶。就算對方是他太太，妳難道不覺得這是一種背叛嗎？不覺得深受打擊或是不甘心嗎？

——嗯……真的沒有這種感覺耶。而且正如我之前跟你說的，殉情失敗後，我決定扼殺自己所有的感情，所以偵訊時有如一具失魂的人偶……若不這麼做，我肯定會瘋掉。

問：之前訪問時，妳說自己是透過「朋友介紹」進入熊切娛樂公司，可以告訴我那個人是誰嗎？

——真的很抱歉，我不能說，說出來會給那個人添麻煩。

問：……妳的意思是，那人是公眾人物是嗎？

——恕我無法回答。

問：是神湯堯嗎？

——……不是。

新藤七緒一口否認。

面對我一連串冒昧的問題，她到目前為止都並未惱羞成怒，全程冷靜對應。我毫不留情地繼續逼問。

問：真的嗎？

——真的……我沒見過神湯議員，就連電話都沒通過。

問：我懷疑這是一場假殉情事件，熊切其實是被人殺害的。針對這一點，妳怎麼想？

她愣了一下，低頭不語。

緊接著是一片沉默。

我等著她回答。

過了一會兒，她抬起頭，用緩慢而冷靜的口氣說：

——不可能。我之前就說過了，熊切是在我面前喝下安眠藥自殺的。

問：真的？妳沒有說謊嗎？

——我說的句句屬實！你是在懷疑我嗎？

問：沒錯……雖然對妳感到很抱歉……

——為什麼你會有這種想法？

七緒反問我。

她外表看似鎮定，口氣卻失了冷靜。

我深吸一口氣。

問：其實早在與妳接觸之前，我就懷疑這是一場假殉情。因為我不懂，熊切為什麼一定要走上絕路？除了「心中」難道別無選擇嗎？為什麼要「悖逆天意」、「與愛共赴黃泉」？我實在不懂他的心情……

——但它真的發生了。無論你懂不懂，事實就是事實，熊切用「心中」為自己人生畫下了句點。

問：嗯……但願如此。遇見妳後，我也希望熊切真是死於殉情，但「假殉情」的疑影總在我的腦中揮之不去。

如果殉情是一場偽裝，沒有妳的幫忙絕對無法成功。因此，我懷疑妳是受人委託，幫忙完成偽裝工作的幫兇……也就是所謂的「刺客」。

請妳回答我，妳到底是不是「刺客」？是不是受神湯堯等人指使，暗殺熊切後再設計成「心中」的「刺客」？

新藤七緒閉上雙眼，那是一幅靜謐而緩慢的畫面。

我目不轉睛地觀察她的反應。

她會哭成淚人兒？大發雷霆？還是中斷採訪、把我轟出去呢？

然而我完全猜錯了。她並沒有因此亂了陣腳，只是用一如往常的平靜語氣這樣說道：

——我很遺憾讓你產生這樣的疑慮。

那時我和熊切是真心深愛著對方，但我們很清楚，這是一場沒有出口的不倫之戀，我們越是渴求彼此，就越陷入苦惱之中……等我們回過神來，才發現自己早已墜入至死不渝的愛情深淵。你有你的想法，但熊切殉情是無庸置疑的事實，所以，我並不是什麼刺客。

另外，神湯議員絕不可能殺害熊切。至今我一直閉口不談，是因為熊切生前曾要我保守秘密，但事已至此，我不得不說了。

神湯議員是熊切的親生父親。他們表面上是敵對關係，但實際上，神湯議員非常疼愛熊切這個兒子。所以，議員絕不可能殺死熊切。

問：我知道這件事。

但就算他們真是父子，也不代表父親「絕不會殺害」兒子，所以他們的血緣關係並不能證明殉情的真實性。老實告訴我，妳到底是不是神湯派去暗殺熊切的「刺客」？

——不是……

問：幫神湯做事的刺客又叫做「卡繆的刺客」。卡繆的刺客會想盡辦法接近暗殺對象，為達目的不擇手段。而且，據說卡繆的刺客自己也不知道幕後雇主是誰。妳會不會是在不知道雇主的情況下殺害熊切的呢？也就是說，妳根本沒發現自己就是卡繆的刺客……

——你別太過分了！我不是什麼「刺客」，熊切也不是遭人「殺害」……好啦好啦我知道了，你話都說得這麼明了，那我也顧不了那麼多了！既然你就是不願意相信我，要不要看看證據？

證據。

我沒想到這兩個字會從她的嘴裡說出來。

證據？什麼意思？難道她手中握有能證明殉情不假的證據？

問：什麼證據？

——那時我們拍的影像。

問：妳是說殉情影帶嗎？

——對，沒錯。

問：可是我聽說影帶已經被警方處理掉了。

——案發後佐和子小姐拒絕領回，所以我就接收了。

問：可是妳之前曾說「警察查扣了影帶，不知道影帶在誰手上」不是嗎？

——我是說過，但東西其實在我這裡。

……對你說謊我感到很抱歉，但那卷影帶中有我不可告人的秘密，所以我當時才不願意說實話。

但現在我顧不了這麼多了，這是洗清我的嫌疑的最好辦法。

如何？你要看嗎？

我倒抽了一口氣。

那卷殉情影帶居然在她那裡……

這實在太出乎我的意料了。

正當我不知該不該答應時，七緒說：「……這裡沒有電視，請跟我來。」

她別過眼不看我，起身帶我離開客廳。

我們走過陰暗的走廊，穿過懷舊的日式廚房。七緒拉開了隔壁房門。

眼前是約四坪大的日式房間。

榻榻米上鋪著米色地毯，房間中央有一方形矮桌，古老的木櫃中放著碗盤、茶杯，角落有一台現已罕見的映像管電視。

這間充滿生活感的房間，應該是她平常使用的起居室。

七緒用沉穩的聲音請我稍等，隨後走出起居室。我一個人在矮桌前坐了下來，不知道為什麼，總覺得有些害羞。

過了十分鐘，她回來了，懷中抱著一個黑色的皮製背包。

七緒默不作聲在電視機前坐下，從背包中拿出一台小型攝影機，以及一條紅白黃三色線，將攝影機接在電視上。

不知道她現在心情如何？我有很多問題想要問她，但才剛質疑她是「刺客」的我似乎沒有資格這麼做。如今的我，唯一能做的就只有閉上嘴，並望著她瘦弱的背影。

接好了。

她從攝影包裡的透明盒中取出三卷小型影帶，那是一般家用小型攝影機的迷你規格影帶。她拆開盒子，將其中一卷插入攝影機中，用遙控器打開電視，螢幕映出準備播放影片的藍屏。

時間是下午兩點多。

「我開始播放囉。」

她背向我說完後，按下攝影機按鈕。

藍屏發出雜音，影片開始播放。

未上漆的原木牆壁，山間小屋風格的客廳。

是那座山梨的別墅。

手持攝影機畫面搖晃不已。客廳裡沒有人。

螢幕右下方顯示「2002/10/13 13:××」。

攝影機後方傳出喀啦聲響。

鏡頭轉向正後方的玄關處，一位女性打開堅固的大門，拖著大型灰色行李箱走了進來。

她身穿苔綠色的外套，留著一頭短髮。

是七年前的新藤七緒。

當年她二十七歲，全身散發著一股青澀的氣息。

「你在拍什麼啦？」

發現自己正在被拍，七緒有些害臊，拉著行李箱就往客廳裡走。攝影機追隨著她的身影。

一隻小蟲飛到攝影機前，畫面瞬間有些失焦，但馬上就自動重新對焦。

鏡頭淡漠地錄下七緒整理行李的身影。

畫面切換到另一個場景。

透過鮮紅楓葉點綴的樹木縫隙，可瞧見遠方南阿爾卑斯的連綿山峰。

螢幕右下角印著隔天的日期，「2002/10/14　11：××」。

攝影機轉了個方向，照向整棟別墅，深綠色的三角屋頂依舊非常醒目。

鏡頭就這麼對著襯著藍天的別墅照了好一會兒。

隨著噪音干擾，螢幕切換至另一畫面。

一位身材高挑的男性漫步在楓樹林當中。

他穿著一身深藍色羽絨大衣和石洗牛仔褲。

鏡頭拉近拍攝男性的臉部特寫，他戴著黑框眼鏡，留著落腮鬍，全身散發著知性氣息——是熊切。

熊切看起來有些難為情，他停下腳步，從拍攝者手上接過攝影機。

鏡頭轉向七緒。

面對鏡頭，她似乎和熊切一樣害羞。

很明顯的，這是七年前，熊切敏和新藤七緒殉情前所拍攝的影像。
之後還有兩人在森林中散步、恩愛吃壽喜燒的畫面。正如前刑警山下所說，這確實是一卷「情侶親暱互拍的私家影帶」。
七緒背對著我，一動也不動地跪坐在電視前，不知此時的她是什麼表情呢？
影片已播放超過三十分鐘。
螢幕出現了以下畫面。
別墅的日式房間——
房裡只點了一盞小夜燈，相當昏暗。
畫面中的七緒穿著內衣褲，橫躺在床上，嬌滴滴地看著鏡頭。
一隻骨感的手越過攝影機，開始幫七緒寬衣解帶。她並未抵抗，任憑拍攝者擺布。
拍攝者一手拿攝影機，一手熟練地脫下七緒的內衣褲。
毫無遮蔽的白皙軀體，小巧的乳房，稀疏的陰毛。七緒害羞地遮住胸部和陰部。

鏡頭換了一個角度。

攝影機被放在榻榻米上。

一絲不掛的熊切和七緒在床上交合。

螢幕持續播放男女翻雲覆雨的畫面。

我偷瞄了七緒一眼。她低著頭，別開眼睛不看螢幕，眼前的電視則不斷放映著她與熊切性交的畫面。

這就是她所謂的「不可告人的秘密」吧。山下沒有說謊，影片中確實有性愛影像。

畫面中的熊切與七緒越發激情。而七緒卻沒有要暫停放映的意思，只是像忍受著什麼似的低著頭，任憑螢幕無情地播放自己的醜態。

性愛片段持續三十分鐘後，第一卷影帶播完了。

七緒像機器一般取出影帶，放入第二卷。

第二卷影帶開始播映。

一開始是兩人在別墅中的生活畫面。

大約二十分鐘後，畫面切換至別墅的客廳——

雨聲滴答作響。

熊切背對著鏡頭，坐在藤製沙發上。

日期顯示「2002/10/16 15：××」，兩人被發現的前一天。

鏡頭繞到熊切正面拍攝，他正拿著鋼筆寫著什麼。

畫面拉近至手邊特寫——

「……我知道這麼做會給周遭的人帶來多大的麻煩，但我倆決心已不容動搖。就算要和全世界為敵，我仍要與愛共赴黃泉。」

熊切嚴肅的表情和寫信的手交叉相映。

過了一會兒，熊切放下鋼筆，深深嘆了一口氣。

鏡頭拉近拍攝桌上的信紙，那是一封寫好的遺書，和雜誌上刊登的遺書照片一模一樣。

畫面切換至別墅庭院，照映出坐在涼椅上的熊切。

時間是同一天的傍晚五點左右。雨停了，陽光自森林樹木間傾灑而下。

「開始錄了嗎？」熊切看向畫面左邊說道。

「開始了。」鏡頭外傳來七緒的聲音。

熊切輕咳一、兩聲，用充滿魄力的眼神直視鏡頭。

「為了私事驚擾大家很抱歉。我，熊切敏，即將在今天了結自我生命……」

他一臉從容，以極為平靜的口吻說道。

「為什麼我會尋死呢？就連我自己也不知道原因。但我知道，我已無意再活下去了。

我嘗到了一種愛的滋味，這種愛會使人狂亂，使人墮落至深淵，最後走向死亡一途……愛有各種形式，有生兒育女的趨生之愛，相反地，也有迎向毀滅的墮落之愛。」

熊切面不改色，以不帶悲喜的口吻繼續說：

「這並不值得悲傷，墮落也是愛的一種形式，那兒有若非親身經歷無法體會的終極喜悅在等著我……各位朋友，離別的時刻到了，謝謝你們為我黑白色的人生添上一抹色彩，熊切感激不盡……最後，各位，永別了。」

語畢，熊切深深一鞠躬。

三十秒過去了，他依然未抬起頭來。

正當他抬起頭，對著鏡頭露出豁達表情的瞬間，螢幕發出雜訊，第二卷影帶播放結束。

這，就是熊切的「遺言」。

影片中的他，親口說出自己明確的「殉情意願」。

這完全推翻了我的理論。

七緒依舊沉默不語，自攝影機中取出帶子，換上第三卷影帶。

夜晚來臨了。

木製餐桌上放著燒酒瓶和酒杯，旁邊排放著藥粉、藥丸等各種安眠藥。

七緒將安眠藥加入杯中，將藥丸仔細搗碎。

這是最後一卷影帶。

裡頭清楚地記錄了兩人的殉情過程。

將燒酒倒入酒杯中的七緒、將顫抖哭泣的她擁入懷中的熊切。七緒鼓起勇氣先喝下安眠藥酒，熊切隨後拿起酒杯一飲而盡的畫面，全被攝影機捕捉了下來。

一切的一切，都和七緒所說的完全一致。

然後……

攝影機被放在桌上——

喝完安眠藥酒的熊切與七緒緊緊相擁，貪婪地親吻彼此的雙唇。

畫面的左後方是鋪著被褥的日式房間。

七緒在熊切的懷裡緩緩地閉上雙眼，而熊切就這麼抱著她，兩個人漸漸不再動彈。

約莫過了三十分鐘，七緒開始激烈掙扎。

她發出慘叫，雙手不停抓著自己的喉嚨。熊切將她抱得更緊了，然而她的苦痛並未因此消失。

突然，七緒掙脫了熊切的懷抱，當場嘔吐了起來。

她發出嗚咽聲，不斷地作嘔和嘔吐，熊切從背後一把抱住她。

但七緒依舊痛苦萬分，熊切用盡全身的力量仍安撫不住她的激烈掙扎。

不久後，七緒在熊切懷中沒了動靜。

彷彿靜止畫面一般相擁的兩人。

過了一會兒，熊切徐徐起身，用雙手橫抱起七緒，慢步走出客廳，搖晃著身子走進後方的日式房間。

將七緒放在床上後，熊切全身無力地倒臥一旁。

兩人一動也不動。

幾分鐘後——

螢幕傳來刺耳的嗚咽聲，熊切用力抓著喉嚨吐了一地，痛苦得在床上打滾。

掙扎結束後，熊切一陣痙攣便不再動彈，緊接而來是一片寂靜。

之後的十五分鐘，畫面映著靜止不動的兩人，直到影帶錄滿為止。

電視發出雜訊的同時，影帶也迎向了終幕，螢幕再度切換為藍屏。

窗外的天色已在不知不覺中暗了下來。

唯有電視螢幕孤寂地發著藍光。

時間來到下午四點半，我們已看了兩個小時以上的影帶。

這麼一來，三卷影帶就全看完了。

新藤七緒始終低頭不語。

殉情並非偽裝——

新藤七緒並沒有說謊。

熊切真的在鏡頭前親筆寫下遺書，並口述表明「自殺意願」。

影片也證明七緒是自願殉情的，因為她「先」喝了安眠藥。

而熊切也是親手喝下安眠藥酒，而非被誰強行灌下。很顯然的，他和新藤七緒都是自願喝下大量安眠藥。

這三卷影帶是兩人自願殉情的最佳證明。

前刑警山下並沒有騙我。這場殉情千真萬確，他口中的關鍵性證物也確實存在，熊切真的是因「墜入愛情深淵」而殉情。

七緒究竟是抱著何種心情給我看影片的呢？

而且，有必要連「性愛」部分都給我看嗎？就算不給我看那些畫面，也能證明殉情的真實性不是嗎？

據我推測，七緒不是要向我證明殉情的真實性，而是要告訴我，這場殉情是他們兩人的「愛情盡頭」。

為了證明這一點，她才會給我看兩人交合的影像。因為對她而言，這些畫面和熊切的遺言、殉情過程一樣極為重要。

即使死亡近在眼前，兩人仍激烈地深情交媾……這正是熊切「與愛共赴黃泉」的最佳證明……

屋內完全暗了下來。

七緒仍背對著我，坐在電視前。

我的內心充滿自責。

該說什麼才好？此時此刻，我竟找不到適當的言語去表達。

她是如此深愛著熊切，即使捨棄性命也要與熊切相守，而我卻用「刺客」這個稱呼深深地傷害了她。

我看向七緒。

螢幕藍光照映出她的背部輪廓。

我用力擠出一句：「真的非常抱歉。」

聽到我這麼說，七緒慢慢地轉過頭。

她的臉上沒有悲傷，沒有憤怒，用彷彿捨棄所有感情般的表情輕聲嘟囔道：

「沒關係，不要緊的……只要你願意相信我就好。」

說完，她稍微放低視線，避免與我對上眼。

「我自己也有錯，如果我一開始就向□□先生你坦白一切的話，也就不會引人懷疑了。」

「沒那回事……」

「你之前曾問過我，是誰介紹我進入熊切公司工作的，對吧？」

「對。」

「你還記得嗎？第一次訪問時我曾說過，在當上熊切的秘書之前，我有一個夢想……」

「嗯。」

「那時候我不好意思說……其實……我以前想成為一名演員。」

「演員？」

「嗯。有好幾年的時間，我在一位女演員身邊當助理學習經驗。你覺得這位女演員是誰呢？」

「咦？該不會是……」

「是永津佐和子。為了完成明星夢，我在佐和子小姐身邊當了五年的助理，期間也非常努力學習，但後來我發現，自己根本沒有這方面的才能。於是，某天我向佐和子小姐表明辭意，說自己對演藝圈這條路已力不從心，她便推薦我到熊切娛樂公司工作，因前秘書剛辭職，他們正好有職缺。」

「……也就是說，介紹妳進熊切娛樂公司的其實是熊切太太？」

「是的，沒錯。」

「那熊切為何要隱瞞這件事呢？」

「是我拜託他幫我保守秘密的，我不希望大家用異樣的眼光看待我。」

她依然不願正面看我，垂著雙眸繼續說道：

「我很尊敬佐和子小姐，於公於私她都是我嚮往的目標。但後來我發現，無論我多麼努力都無法像她一樣優秀。現在回想起來，我會和熊切發展成那種關係，也許是因為想拉近自己和佐和子小姐之間的差距，即使只有一點點也好……」

微微停頓後，七緒再度開口。

「這麼說你可能會很瞧不起我……其實，每每與熊切交合時，我都感到一股優越感，覺得自己贏過了那個高高在上、遙不可及的永津佐和子……我很差勁對吧。」

她低著頭，彷彿在反芻自己剛才說的話。

「妻子居然是丈夫和情婦的媒人，這應該是媒體最渴望的題材吧？所以我才不願對你坦白……」

她的聲音有些顫抖。

「這樣你明白了嗎？幫我介紹工作的人並不是神湯議員……我也不是什麼刺客……」

話說到一半，她的眼淚奪眶而出。

看到她的眼淚，我的心揪得更緊了，我真不該懷疑她的。

「……對不起。」低頭道歉是我現在唯一能做的事。

低頭哭了一陣後，七緒哽咽說道：「剛才我也說過，自從受訪後，我有一種將過去的記憶全都傾吐出來的感覺，那讓我獲得了勇氣，覺得自己似乎可以繼續前進。和你見面讓我充滿希望，一個能把我從過去束縛中解救出來的……希望。所以……」

她抬起頭來，淚眼汪汪地看著我。

「……唯有你……我不願被你懷疑。」

說完，她再度俯首。

漆黑的房間中只聽得見她微微的啜泣聲。

我輕咳了一聲，無恥地開始辯解。

「……因為我怎麼都想不明白，為什麼我最尊敬的熊切導演會自我了斷生命……說實在話，即使看了那些影帶，我還是不明白。」

七緒低著頭，用手背抹去眼淚。

「為什麼他會為愛而死？為什麼瘋狂地愛上一個人，墜落至愛情深淵，最後卻只有『死亡』一途？殉情帶來的『終極喜悅』究竟是什麼？」我毫無隱藏地說出真心話。

她沒有回答，只是在電視前低著頭。

時間是下午四點五十分。

漆黑的屋內，沉默的兩人。

突然間——

七緒緩緩起身，慢步走向我，螢幕藍光彷彿光環一般照映著她的身軀。

她用呢喃般的聲音對我說：「因為啊，人的心中肉眼看不到，雙手摸不著……所以古時人們才會以死定情，證明對彼此的情愛。」

七緒靜靜地在我面前跪下，用那雙淚眼汪汪的三白眼注視著我。

面對那雙眼眸，我無法移開視線。

那時的她，美得彷彿不屬於這個塵世。

她將雙唇貼近我的耳邊，低語道：「……你難道不想親眼看看嗎？肉眼絕對看不到的心中。」

原稿於本章突然中斷。

但採訪並未終止，接下來的內容作者僅完成草稿。

就報導文學而言，這些草稿仍舊充滿價值，基於這點考量，我們決定按照原樣刊登。

（長江）

〔二〇〇九年十二月二十三日（三）〕

早上八點起床。

昨晚回到東京已是晚上十一點多。

過了一夜，七緒悲傷的臉龐仍在我的腦中揮之不去。

我的調查方向一步錯、步步錯，最後甚至口口聲聲質疑她是「刺客」，將她傷得體無完膚。

那讓我陷入深深的自我厭惡之中，無法自拔。

〔二〇〇九年十二月二十四日（四）〕

昨天把自己關在家裡一整天。

腦裡想的都是殉情案的事。

新藤七緒的那句話令我難以忘懷。

——……你難道不想親眼看看嗎？肉眼絕對看不到的心中。

態切為何執意要和七緒殉情？即使已確定殉情案並非設局，我仍舊無法理解他的心情。

「心中」。

悖逆天意，以命搏命的狂亂之愛。

我極度渴望知道，當「墮落」至此，人心究竟是什麼模樣？肉眼絕對看不到的心中……

然而，我已沒資格繼續調查這個案子。

〔二〇〇九年十二月二十六日（六）〕

上午十一點多，我打手機給七緒，為之前的事向她鄭重道歉，並告知她我即將結束採訪。

話筒傳來七緒的聲音：「聽到這個消息我感到非常遺憾，若你改變心意想要繼續採訪，我隨時都可以配合。」

這番話令我有些動搖。

〔二〇〇九年十二月二十七日（日）〕

我很猶豫要不要向編輯坦白取消採訪的事。

開頭到高橋訪談的部分我已交稿，雜誌社方面也已確定會在明年四月開始連載。但如果真發表了這種虎頭蛇尾的作品，總覺得對讀者有些過意不去，是不是該請雜誌取消刊登呢？

麻煩的是，若在這時候急踩煞車，可能會害出版社四月開天窗。個人造業個人擔，想辦法幫稿子告一段落才是最好的做法。

後來我決定，在聯絡編輯前先整理目前的調查結果。

我開始重聽錄音筆裡的所有訪問，並檢查完稿內容。

〔二〇〇九年十二月二十九日（二）〕

整理工作耗費了整整三天的時間。

稿中除了有些錯字，有些地方甚至完全曲解受訪者的原意。

重整採訪內容後我發現，因為我的先入為主、以偏概全，導致有兩個地方錯得非常離譜——

第一是殉情的背景，這點我完全推斷錯誤。

第二則是我在這樁殉情案的角色。

為自己的愚蠢感到羞恥的同時，我也認清了自己的使命。

〔二〇一〇年一月十二日（二）〕

中午十二點，我抵達鹿島臨海鐵路S站，坐上七緒的車前往她家。

距離上次見到她已是二十天前。

年尾到年初這段日子，我一個人想了很多，最後還是決定繼續採訪。

自調查這個案件開始，因為我個人的謬誤而深深傷了受訪者的心，若在這時臨陣脫逃，未免也太不負責任了。

所以，我決定用自己的方式找出熊切殉情的原因。要找出這件案子的真相，關鍵就在於弄清人「為愛而死」的心思。

撥雲見日、將案情查個水落石出……是我在這樁殉情案中的任務之一。

於是，我將報導整體方向從「殉情偽裝論」修改為「解開殉情心境之謎」，並繼續採訪新藤七緒。

抵達七緒家後，她做了鰻魚飯給我當午餐。

吃完飯閒聊一陣後，我們開始進入正題。

為了釐清熊切自外遇到殉情的心路歷程，我向七緒詢問當初與他交往時的情形，以及兩人之間的感情生活。

但說實在話，事情並未有突破性的進展。

算了，慢工出細活，這種事情急不得的。

下午五點，今日採訪工作結束。

要回家時七緒對我說：「謝謝你再次開始採訪，這也許是我重生的機會。請你務必要……將我從過去的束縛中解救出來。」

〔二〇一〇年一月十八日（二）〕

上午十一點半抵達七緒家，進行第二次訪問。

今天，我明白了一件事——

熊切之所以會殉情，最大問題就出在「新藤七緒」身上。

第一次見到七緒，我便從她身上感到一股難以言喻的魅力。

當時我還渾然不覺，但隨著與她接觸的機會越多，我漸漸明白了。

她身上有一股獨特的氣息，且這股氣息並非「正面」能量，而是「負面」能量（雖然這麼說有些失禮）。這股薄命的氛圍正是她的魅力本質。

暗藏憂鬱的細長眼眸——那眼神中有不可思議的吸引力，讓人無從抵抗。我想，也許就是陷入這股「負面」魅力當中，熊切才會踏上絕路。

偶爾我也會胡思亂想，若對象是她，也許我也會「墮落沉淪」……

但現實中，她是我的採訪對象。我們不可能，也不可以發展成那種關係。

〔二〇一〇年一月二十五日（一）〕

下午一點多。

我們開始進行二次調查的第三次訪問。

今天她的精神狀況看上去不太好。

雖然她強調自己休息一下就會好，但我還是提早結束了採訪。

「對不起，害你白跑一趟。」下午三點離開她家時，她不斷向我道歉。

〔二〇一〇年一月二十九日（五）〕

聽七緒說她身體好轉，我再度登門拜訪，沒想到卻發生了突發狀況。

訪問進行到一半時，她突然因喘不過氣而昏倒在地。

我將她平放在地板上觀察狀況，連問了好幾次「妳還好嗎？」然而她都沒有反應。

一陣子後，七緒仍沒有甦醒的跡象。

我在壁櫥中找到客用床組，拿出毛毯幫她蓋上。

是自殺的後遺症嗎？看來她的健康狀況比我想像中的還要惡劣。

雖然七緒的睡臉令人著迷，但待在睡著的女性身邊太久似乎不太好，還是出去透透氣吧！

我整理了一下衣服，對著橫躺著的七緒說「我待會再過來」，但她似乎睡得很熟，完全沒有反應。正當我揹起包包起身時，一陣冰涼的觸感覆上我的左手。

七緒從毛毯中伸出纖細而白皙的手牽住了我。

我驚訝地看向她。

她的眼睛有些溼潤，朦朧地注視著我。在那雙哀傷眼神的吸引下，我差點就要失去理智，但最後還是按捺了下來。

七緒握著我的手，露出些許安心的笑容，再度閉上眼睛。

她的手漸漸有了溫度。

看到她這個樣子，我也只能坐回原位。

日暮低垂，七緒終於清醒。

正當我放下一顆心準備回家時，她叫我先不要走，「很抱歉讓你連續白跑兩趟，至少在我這吃頓晚餐吧」，說完便用孱弱的雙腿站起來。

「不用不用，等妳身體好一點再說吧！」雖然我再三鄭重拒絕，她仍堅持要留我下來吃飯，說我從東京大老遠來了這麼多次，一定要補償我。

拗不過她的請求，我只好答應她吃完飯再走。

七緒穿上圍裙，進入廚房開始做菜，我則在背後看著她的身影。

那是一間充滿昭和復古風味的廚房，熱水器和瓦斯爐都非常老舊，但冰箱卻是三門式的新款。

七緒的身體狀況似乎有所好轉，她將白蔥、白菜、各種菇類仔細切段，整齊擺在一旁的大盤子上，接著用菜刀熟練地處理色澤鮮艷的腿肉。看來晚餐是吃雞肉火鍋。

下午六點五十分。

我和七緒在廚房旁的起居室，隔著矮桌面對面一同用餐。

桌上的鍋子冒著白煙，白濁湯底是以雞骨熬製而成的極品。醇厚香濃的放養雞肉配上當地酸橘製成的醋醬，令人食指大動。

「不好意思喔，我只會煮火鍋。」七緒一邊將蔬菜夾入鍋中一邊說道。

「不會不會。我才不好意思呢，身體不舒服還讓妳做菜給我吃。話說……我最喜歡吃雞肉了，這雞肉鮮香味濃，真是好吃。」

「這都是上好的放養雞部位，是我拜託附近農家分給我的。」

七緒的廚藝真不是蓋的，我吃得津津有味。

我偷偷觀察坐在對面的她。

她的臉色不太好，也幾乎沒有動筷子。剛剛看她在廚房裡做菜的模樣，還以為她已經好轉了呢……

我鼓起勇氣詢問她現在的健康狀況，她放下筷子向我娓娓道來。

她說，自從殉情後，身子就一直不見好。

常會莫名地全身無力，沒來由地發燒、嘔吐、呼吸困難，有時甚至還會失去意識，幾天都無法動彈。

這很明顯是安眠藥中毒的症狀。但照理來說，七年前的安眠藥已經全數排出體外，應該不是造成身體不適的直接因素。她向醫院求助，卻遲遲找不出原因，醫師推斷這可能是精神方面的問題。

許多安眠藥中毒的病例顯示，即使將藥物排全數排出體外，仍有可能因為精神問題而產生後遺症，必須長期接受精神治療才能治癒。然而，七緒自殉情後就無法服用任何「藥物」（據說她曾喝過一次中藥，但當場就吐了出來），症狀一直無法獲得改善。

體弱多病是她無法工作的最大原因。她不知道自己什麼時候會昏倒，也不知道哪一天會突然無法動彈，在這樣的情況下，別說找份正職工作了，就連打工都無法長久。

事隔七年，她依舊飽嘗「心中」的苦果。

我們聊得忘了時間。

正當我急忙收拾東西時，七緒說，這個時間已經趕不上末班車了。雖然說已經沒車回東京了，但還有車到水戶，我可以到水戶車站附近找間旅館住下。

「方便的話，你今天可以住我家嗎？最近我的身體真的很差……一個人在家總覺得非常不安……」

禁不住她的懇求，最後我住了下來。

她拿出全新的客用床組，在客廳鋪好床鋪後便走進後方的自用臥室。

晚間十點，就寢。

〔二〇一〇年一月三十日（六）〕

睡夢中，一聲慘叫把我驚醒。

看向掛鐘，時間剛過凌晨兩點。

客廳門外傳來女性悲鳴嗚咽的呻吟聲，我在棉被裡豎起耳朵聆聽動靜，但似乎沒有停止的跡象。

因有些放心不下，我起身走出客廳。

小心翼翼地慢步穿過沒有開燈的黑暗走廊，來到一間約三坪大、鋪著地毯的日式房間。

窗邊放了一張單人床，床上被單、枕頭凌亂，卻不見任何人。

我循著聲音往床鋪對面望去，在桌子和家具之間找到滿身大汗的七緒——她正在黑暗中打滾掙扎。

我立刻飛奔過去詢問狀況，但她並未回過神來。喊了好幾次後，她才轉過來看向我，一臉汗水黏著許多亂髮。

驚魂未定的眼神。

顫抖不已的雙唇。

她彷彿被死神追殺一般，用力投入了我的懷抱。

此刻的她似乎只想逃離苦痛，死命地抱住我。

我摟住她汗涔涔的身體，祈禱痛苦趕快離去。

和七年前的那時一樣——我在影片中看過的，有如地獄般的景象。

她和當時一樣在男人懷裡痛苦掙扎，但唯一不同的是，此時抱著她的人不是熊切，而是我……

七緒的呼吸逐漸趨於穩定。

也許是因為安心，她將臉埋進我的胸口，閉上雙眼。

藉由擁抱，我感受著她的香味與體溫。

七緒撥開臉上的亂髮，露出白皙而姣好的側臉。她緩緩張開眼睛，用虛無縹緲的眼神注視著我。

我感到胸口一緊。

未走完「心中」之路的女人，求生不能、求死不得的女人……我想要解救她……將她從熊切的束縛中解放。

此時此刻我的理智已消失殆盡，情不自禁地吻上七緒蒼白的雙唇。

緊抱住她，將她壓在榻榻米上。

破曉時分，天空開始泛白。

七緒倚在我的手臂上沉沉睡去。怕會吵醒她，我輕手輕腳地將她抱到床上，離開了房間。

懷著內疚的心情，穿過微光滲透的走廊回到客廳，鑽進冰冷的被窩中。

終究，我還是跨越了那條不該跨越的線。

一股強烈的自責感向我襲來。我是個失職的記者，但面對這一切，我已無法自拔。

情不自禁地聞了聞右手，指尖還微微留有七緒的殘香。

〔二〇一〇年二月十二日（五）〕

H市約有五萬人口，因地形平坦，氣候溫和，居民多以務農維生，除了稻作之外，蔬菜水果產量亦相當豐富。

東面太平洋，再加上南北海岸線狹長，江戶時代這裡曾是水上交通要津，繁華一時。

早晨七點——

我來到濱海公園的高台，遠望冬日冷寂的太平洋。

因是陰天，前方沙灘上不見人影，只有幾隻海鳥正啄著保利龍玩耍。

自從和七緒同居以來，已過了半個月的時間。

搬到這座小鎮後，這還是我首次靜下心來看海。我將入口處自動販賣機買來的未開罐咖啡拿在雙手之間取暖，眺望著灰色的無際大洋。

回到七緒家——

打開廚房的玻璃門，一股蔥香撲鼻而來，原來是七緒正在準備早餐。

自從我住進這裡後，她的健康狀況漸有起色，既沒有再次激烈發病，也不曾再突然昏倒。

穿過廚房，進入隔壁的起居室，矮桌上已放了鯡魚乾、玉子燒、羊栖菜、芋頭煮花枝等小菜，是微日式旅館風格的早餐菜色。

七緒用托盤端著剛煮好的白飯、冒著白煙的蛤蜊味噌湯走了進來。

待她擺桌完畢後，我雙手合十說道：「我要開動了。」接著就拿起了味噌湯品嘗。

湯汁入口的那一瞬間，一股新鮮海味在口中蔓延開來。

「真好喝。」我不禁出聲讚嘆。見我吃得這麼開心，七緒露出了微笑，那笑容讓我由衷地感到安心。

七緒說，在和我同居之前，她過著荒誕頹廢的生活，尤其是母親去世後，她經常一整天不吃不喝。

「但我最近狀況真的很好，也比以前有食欲……我想，這都是□□（※作者本名）你的功勞。」

語畢，她的雙頰浮上兩朵紅雲。

我又何嘗不是呢？和她相處的這段日子，是我人生中最快樂、最甜蜜的時光。面露靦腆之色和我共用早餐的七緒真是可愛極了！

半個月前——

剛和七緒發展成這種關係時，我感到非常羞恥，覺得自己是個失職的記者。

但不可否認地，跨越「採訪」這條線後，我也看見事情不同的一面。看來，我離解開「殉情心境之謎」的日子越來越近了……

於是，我決定和七緒同居。

當然我很清楚，這並非採訪的正道。

吃完早餐後，美好的陽光灑進屋內，我們決定外出走走。雖說是外出，也只是在房子附近散步。

沿著收割完畢的冬日枯田走了約二、三十分鐘，七緒突然說想看海，我們便啟程前往濱海公園。

公園裡的遊客寥寥無幾，只有幾個老人和帶著孩子的主婦。

找了把空長椅坐下，我與七緒並肩看海。此時太陽已從雲間露臉，將海面照耀得閃閃發光。

期間我們談天說地。

面對過去的回憶，七緒終於能夠侃侃而談。

童年、家人。

為了當上演員，遠赴東京追夢。

因和永津佐和子是遠親，當上她的助理時的喜悅……接到第一份演藝工作，築夢而踏實的日子，之後得知自己沒有天分的挫折……

「成為她的助理是幸，也是不幸。和她接觸後，我才發現自己一點戲劇天分都沒有……對我而言，她就是這麼偉大。」

七緒說，佐和子對自己恩重如山，父親工廠倒閉，留下大筆債務、求助無門時，唯有永津佐和子對她伸出援手，拿錢替她還債。

「而我……卻恩將仇報。」

遠望著波光粼粼的大海，她低聲呢喃道。

〔二〇一〇年二月十五日（一）〕

從今天起我要暫回東京一陣子。

主要是處理一些事情，以及整頓半個月沒回的家。

我先是到出版社一趟，見了好久不見的編輯，領了下月中旬即將發售的四月號雜誌校正稿，順便拿了刊有報導文學連載預告的三月號雜誌。

因我尚未定好正式的標題，所以預告中用的是暫定標題——〈熊切敏殉情案真相〉。

編輯還不知道採訪內容變更的事。我向他報告目前進度，並說明今後的採訪方向（不過我沒告訴他自己和七緒同居的事）。

之後回到東京的家，整理堆積如山的郵件。

〔二〇一〇年二月十六日（二）〕

我聯絡上殉情事件發生當時，熊切娛樂公司的一名女經理，她願意在不記名的條件下受訪。

這位女性提供的新情報重點如下：

①公司上下都知道熊切和新藤七緒的關係。
②當時，公司戶頭經常收到來自神湯堯關係企業的大筆匯款。
③她曾聽過「熊切董事長是神湯私生子」的傳言。殉情案發生時，公司內部謠傳這件事可能會遭媒體爆料。

看來，神湯和熊切暗中勾結是千真萬確的事實。

〔二〇一〇年二月十七日（三）〕

下午兩點。

我和一位曾在晚報娛樂線工作的媒體人士約在新宿訪談。

他表示，熊切和永津佐和子表面上是恩愛的夫妻，私底下卻並非如此。

據說，兩人婚後，熊切的壞脾氣讓佐和子吃盡了苦頭，熊切甚至經常對她拳腳相向。傳言指出，佐和子因受不了丈夫的暴力行為而非常渴望離婚。

這和我知道的熊切敏實在差太多了。

傍晚，我和委託我調查「熊切敏殉情案」的友人見面，向他報告採訪進度，並坦言自己在調查過程中的重大疏失。

明天還有一位相關人士要採訪，預計後天星期五回到茨城。

〔二〇一〇年二月十九日（五）〕

下午三點——

相隔四天，我再度回到位於茨城的七緒家。

明明才離開沒幾天，一切卻是如此令人想念。

一拉開玄關門，七緒便穿著圍裙出來迎接我，看來她正在煮晚餐。

她說，我不在的這幾天，她內心非常不安。

幾天沒見，看到七緒氣色紅潤、健康無虞，我也就放心了。

傍晚六點三十分開始吃晚餐，今天她煮了近海捕獲的大瀧六線魚，以及用鮟鱇魚熬了味噌湯。

晚上十一點，我們在客廳鋪床就寢。

〔二〇一〇年二月二十日（六）〕

凌晨兩點多。

我被尖叫驚醒。

睡在隔壁的七緒一頭亂髮，不停抓著喉嚨。

一股酸臭味撲鼻而來，枕頭旁有一攤黃色嘔吐物。七緒一邊尖叫一邊爬出被窩，在榻榻米上痛苦打滾。

我立刻掀開棉被，從背後抱住七緒。她發出如被惡靈附身般的嘶吼，痛苦得想要掙脫懷抱，我使出全身力氣才沒讓她逃開。

我把臉頰使勁貼在她汗涔涔的背上，等待她的痛苦退去。

片刻，呻吟聲漸漸減弱，取而代之的是過度換氣。

懷中掙扎的力量急速變小，我放鬆力氣，將七緒轉向自己。

此時的她和白天簡直變了個人。

沾著嘔吐物的亂髮，飄忽不定的眼神，微微發抖的泛紫雙唇。

她似乎想說些什麼，但我無法聽清楚。

「奢……了……嗚……」

眼神充滿無助，七緒吃力地開口。見我還是不懂，又說了一次：

「啊……了嗚……」

說完，她用力後仰，聲嘶力竭的放聲尖叫。

劇烈的苦痛再次從身體內部向她襲來，那讓她在我的懷裡激動掙扎。

七年了，她仍擺脫不了熊切的束縛。

悲哀的殉情末路。

我不想見到如此不堪的她……卻又無法坐視不管。

房間裡瀰漫著嘔吐物的臭氣，強忍著作嘔的衝動，我環抱著她的雙手又用力了一些。看著她的呼吸失控，露出了痛不欲生的表情，以及雙眼痙攣的狀態，我多麼想減輕七緒的痛苦。然而我唯一能做的，就只能像現在這樣，祈禱這場痛苦盡快結束。

在我懷裡掙扎一陣後，七緒終於放鬆力氣，緩緩閉上雙眼。

痛苦過去了。

我看著懷中的她良久。

微微顫抖的紫唇，黏在肌膚上的凌亂黑髮，蒼白的臉龐。

我無法將視線移開那張容顏，七緒是如此的可愛。殺了我也無所謂。她是我生命中無可替代的女性，沒有人、沒有任何人能比我更愛她。

了解自己的情感後，我抱著她滾倒在床鋪上，就像初次交媾時一樣……親吻那因嘔吐物而濕潤、不帶血色的雙唇。然而——

七緒只是緊閉著雙眼，沒有回應我……

下午四點多。

七緒發病已過了十四個小時，她卻依然臥床不起。

昨晚有如一場人間煉獄。

那是熊切對獨自生還的「叛徒」——七緒的報復。

死後，熊切依然緊緊束縛著她、糾纏著她。這難道就是「心中」的愛情末路嗎？一想到這裡，我不禁對七緒感到同情不已。

熊切死前曾對著攝影機說：

「墮落也是愛的一種形式，那兒有著除非親身經歷，便無法體會的終極喜悅在等著我。」

真的是這樣嗎？熊切是真心這麼想才踏上絕路的嗎？影帶中的殉情景象有如地獄，何來「終極喜悅」之說？

改變採訪方針就快滿一個月了，和七緒同居也已有二十天，至今我卻仍未能找出熊切殉情的原因。

到底是什麼讓熊切決意殉情？

「心中」是日本特有的概念，我要找的答案，也許就隱藏在過去的「心中」之中。

「心中」這兩個字之所以會在日本廣為流傳，可追溯到近松門左衛門所寫的劇本《曾根崎心中》。

江戶元祿時期，大坂[9]堂島曾發生一起煙花女子和醬油店伙計的殉情事件，

9. 「大阪」的古字。

《曾根崎心中》一劇如實呈現了該事件的原貌。

歡場女子阿初和醬油店伙計德兵衛是一對深愛彼此的戀人。然而有一天，醬油店老闆突然要求德兵衛娶他女兒，還擅自將聘金交給了德兵衛的後母。

為了和阿初相守白頭，德兵衛好不容易向後母拿回聘金，卻在回家路上被情同兄弟的好友把錢給騙走了。德兵衛苦苦哀求好友把錢還他，沒想到好友非但不還錢，還在大庭廣眾之下罵他是騙徒。因沒錢還老闆，德兵衛沒臉回店裡，走投無路的他，最後決定以死證明自己的清白。

同時，阿初被一個有錢的木材商人看上，且對方有意幫她贖身。恩客贖身是妓女求之不得的願望，然而阿初並不想辜負德兵衛的感情，因此感到懊惱不已。

就在此時，德兵衛來找阿初，想要在死前見戀人最後一面。阿初這才知道情郎已身敗名裂，她無法想像沒有德兵衛的人生，便堅持要和德兵衛一同自殺。

兩人攜手走進曾根崎的森林中，解下腰帶將彼此綁在松樹上。德兵衛確認阿初死意堅決後，拔出腰間短刀，一刀刺進阿初喉頭，再自殺隨她而去。

就《曾根崎心中》來說，兩位主角之所以會選擇以情殤作結，是因為德兵衛失去了社會地位。

德兵衛為了守護阿初的真心，一步步踏入悲劇之中。先是錢被騙走、無處可歸，為了洗清騙徒的污名，最後決定以死明志。我很能理解德兵衛的心情。

然而，為什麼阿初要與德兵衛共赴黃泉？她有更好的做法不是嗎？如果阿初真的深愛德兵衛，為何不阻止他自殺，和他一起浪跡天涯呢？

話說回來，這齣劇的背景為元祿時期，就當時的社會風俗來看，阿初的做法也並非全然無法理解。

當時歡場文化非常發達，戀上尋歡客的煙花女子也不少。然而，礙於工作性質的關係，這些煙花女子對其他客人也必須拿出虛情假意、逢場作戲，要對愛慕之人證明自己的專情極其困難。因此她們才會透過刺青、切除頭髮、指甲，甚至手指，交給對方作為「定情之物」。

這些煙花女子證明心中愛慕之情的行為，就是開頭介紹過的「心中定情」（日文中將「勾小指約定承諾」稱為「切指拳萬」〔指切りげんまん〕，這裡的「切指」就是從古時的「切指定情」、「以手指作為定情之物」衍生而來）。

頭髮、指甲剪斷後還會再長出來，少一根手指也於生活無礙，因此，很多歡場女子為了討好客人，即使對方並非自己真心愛慕之人，仍會切下身體的一部分交給對方。

「心中定情」的最高境界就是獻出自己的生命……和戀人一同「自殺」，證明彼此感情至死不渝。因此，「心中」才會成為「殉情」的代名詞。

《曾根崎心中》的淨琉璃人偶劇演出非常成功，許多男女受到阿初和德兵衛的影響，紛紛踏上「心中」之路。之後，江戶幕府甚至下令禁演《曾根崎心中》，可見當時殉情文化之盛行。

就這樣，「心中」這個奇妙的風俗開始在日本落地生根。

近年來，日本小說家有島武郎、太宰治皆死於殉情。太宰治著有《斜陽》、《人間失格》等名作，他的殉情真相至今仍是個謎。

在實際喪命之前，太宰曾自殺、殉情多次。據傳，太宰是為了「寫作」才想「體驗」自殺和殉情的感覺。也因此，他的尋死皆以「未遂」作結，因為若真一命歸西，他就沒戲可唱了。

作家豬瀨直樹曾於《惡漢　太宰治傳》一書中這麼描述太宰——

「他常把自殺掛在嘴邊，一天到晚尋死，且總在死成之前獲救。」

然而，太宰仍在昭和二十三年（一九四八年）和美容師情婦跳入玉川上水[10]殉情身亡。

之前太宰雖也有過殉情經驗，但不是雙雙獲救，就是女性死亡、太宰生還。既然如此，為何太宰會在這場殉情中喪命呢？

傳聞，當時太宰根本無意尋死，而是被情婦強迫同歸於盡。

兩人的「遺容」差異便是最好的證明。據說，兩人的屍體被打撈上岸時，太宰的表情柔和而安詳，情婦的死狀卻異常猙獰。

山岸外史在《人間太宰治》一書中這麼形容情婦的死後表情——

「那僵硬青紫色的舌頭，彷彿鸚鵡一般吐出在外。（中略）死狀淒慘，令人心驚。」

太宰情婦的猙獰表情證明她是在清醒的狀態下活活溺死。

反之，太宰遺容安詳，代表他很有可能並非痛苦溺死水中，而是在投水前就

10. 東京多摩川的引水道。

已昏厥或死亡。

也就是說，兩人雙雙入水時，太宰早已失去意識，而情婦卻意識清醒。因此，才有了「情婦先將太宰迷昏或殺害，再抱著他的身體跳河自殺」這樣的說法。

那麼，情婦為何會出此下策呢？坊間有以下推論。

太宰的男女關係非常複雜，他有妻有子，卻同時和許多女子幽會偷情。豬瀨直樹於《惡漢　太宰治傳》中記述，這位情婦曾透露，她很清楚太宰總有一天會離自己而去。

「他問我：『妳要不要以死為前提與我交往？我會對妳負責的。』於是我便背棄父母兄弟，將自己逼上絕路。」

（中略）

「怎可讓他離開我？我也是有尊嚴的。」

她不知太宰何時會移情別戀離她而去，於是便想出一個法子，透過「心中」將太宰永遠留在自己身邊。將太宰迷昏，帶至玉川上水投河自盡。

那麼，熊切呢？

七緒曾說，熊切殉情的動機是「無法承受同時愛上兩位女性的矛盾」。

真是如此嗎？

這就足以讓他踏上「心中」絕路？

若拿熊切和《曾根崎心中》裡的德兵衛相比，德兵衛只是打醬油的小伙計，社會地位不高，而熊切卻是享譽世界的知名導演，兩人的身分可謂天差地別。

雖說案發當時熊切公司正處於經營危機，但再怎麼說，他還有神湯可以依靠，不像德兵衛「走投無路」到非得以死明志的地步。因此，「經濟」應該不是熊切「心中」的原因。

紀錄片也是一種創作，同為創作者，熊切和太宰有許多共通之處。

雖說小說和紀錄片領域不同，卻同樣是在追求人類與社會的本質。熊切有紀錄片天才之稱，他觸角敏銳，思想激進，而這樣的他，是否已透過創作達到世俗無法理解的超凡境界呢？

然而，太宰和熊切的差別在於（前提是太宰真死於「同歸於盡」），太宰無意尋死，而熊切卻自行提議殉情。

熊切親口對著攝影機說——

「我嘗到一種愛的滋味，這種愛會使人瘋狂、使人墮落至深淵，最後走向死亡一途……」

他真是為「愛」而走上絕路嗎？

這次採訪揭露了熊切不為人知的世俗行為，叫我怎麼相信，一個和父親共謀「演出」紀錄片、對妻子施暴的人，會因為對新藤七緒的「愛」而自殺？

據我猜測，熊切敏應該是走進了導演生涯的死胡同，在靈感枯竭的狀況下，才選擇以「心中」這個驚天動地的題材為「天才紀錄片導演熊切敏」的創作人生畫下句點。

熊切敏的紀錄片每每都在推陳出新，永遠不乏驚人之舉，這樣的他，的確很有可能以「自我之死」作為職業生涯的最終章。

當然，這並不代表他不愛新藤七緒。但對他而言，這份感情很有可能只是「演出道具」，好讓他人生的最後一部作品更加精采。

若是如此，熊切的「心中」只是一場自私的鬧劇，而七緒則是被捲入其中的受害者。

七緒和阿初、太宰的情婦一樣，沉浸在能夠和情郎永遠相守的喜悅當中。熊切巧妙地利用女人的心態，為自己的死亡錦上添花。

所以他才會用攝影機錄下殉情全程，好完成人生的最後一部「作品」……

然而，出乎意料的事情發生了——七緒沒死，天才導演熊切敏的遺作因此有了不完美的落幕。

事隔七年，七緒仍為嚴重的後遺症所苦。我想，這應該是熊切為了懲罰她毀了這部世紀巨作的「報復」。

晚間九點——

距七緒發病已過了十九個小時。

我躡手躡腳地拉開客廳拉門，七緒仍沉沉睡著，我好怕她就此無法醒來。

是否該帶她去看醫生呢？

〔二〇一〇年二月二十一日（日）〕

早上八點——

今天就吃粥吧！

我從冰箱中拿出菠菜和白菜，「就地取材」煮蔬菜粥。煮好後將冒著白煙的熱粥送到客廳，放在七緒的床邊。

因擔心七緒的狀況，今早我試圖把她叫醒，但她似乎還下不了床。

心想著她得吃點東西才行，我用木湯匙餵她吃粥，但她嚥不下去，全都流了出來。

我見狀，趕緊用抹布將榻榻米上的粥擦乾淨。

下午三點——

我進廚房準備明天的晚餐。

晚間八點——

寄電子郵件給編輯，請他將這篇報導正式更名為《卡繆的刺客》。

並請編輯修改稿件，將我的筆名改為「若橋吳成」，將她的假名改成「新藤七緒」。

【二〇一〇年二月二十二日（一）】

七緒的狀況一直不見好。

身為這個家的一分子，我應該幫忙一點家務。於是我將她留在家裡，一個人到附近的超市購物。

首先，我到生活用品區拿了垃圾袋、菜瓜布和除臭噴劑。

異常寒冷的生鮮區前站了許多挑選肉品的主婦。

處裡完日用品和食材後，經過書籍區時，想到七緒車上沒有衛星導航，便拿了首都圈地圖去結帳。

買完東西回家後，我進廚房開門跟七緒說：「今天晚餐我來做。」隨後冰入剛買的豆腐，從蔬果櫃中拿出白菜、茼蒿、舞茸放在冰箱對面的調理台上。

今晚我打算煮之前七緒做給我吃的火鍋。切好菜後，我從冰箱中拿出事先切好的胸肉、腿肉塊開始料理。七緒在背後看著我，似乎很期待我的手藝。

三十分鐘後大功告成。

我牽起七緒的手往起居室走去。

沙鍋裡的白濁湯底是我從昨晚就開始熬的特製肉骨高湯。我戰戰兢兢地將切好的蔬菜、肉塊放進鍋中，就怕沒有七緒煮的好吃。

等肉熟得剛剛好時，我迫不及待地夾起煮得粉嫩的胸肉品嘗，肉汁的香甜瞬間在口中蔓延開來，還真美味。

然而，七緒從頭到尾都沒動筷子。

是因為身體不舒服嗎？她看起來沒什麼血色，真令人擔心。

〔二〇一〇年二月二十三日（二）〕

天空一片晴朗無雲。今天七緒看起來氣色還不錯。

中午過後，我們去了上次的濱海公園。

雖然氣溫偏低，但天氣卻很好。公園比平常熱鬧許多，有帶狗散步的老人，也有聊天的主婦，還有剛下課的小朋友正精神奕奕地追逐玩耍。

我在高台上找到上次坐的長椅，放下包包坐了下來。

之前來這裡時，七緒對我說了許多舊時回憶，而今天就算她沒有明講，我也知道她想聽我說說自己的事。雖然我覺得沒什麼好講的，但還是娓娓道來自己的平凡人生。

像是當初為了進入新聞界，跑到雜誌社應徵記者的事；菜鳥時代處處碰壁的失敗談；辭掉編輯工作，以自由撰稿人的身分第一次出書時的喜悅；因生病而不得不暫停工作的無奈；兩年前接到這份工作的來龍去脈，以及我對這篇報導文學傾注的心力。

七緒聽得出神，安靜不語。聽完我零散又無趣的人生故事後，緊接著又是一片沉默。

我仔細聽著悅耳的細浪聲，驀然低頭向七緒問道：「妳之前發病時，到底是想跟我說什麼？」

也許是不想談發病的事情，七緒無言以對。

看來我問到她的傷心處了，真是哪壺不開提哪壺。

七緒今天原本狀況還不錯，但出一趟門回家氣色卻變差了，大概是吹到海風的關係吧。

看著七緒的臉龐，這樣下去我實在放心不下，明天還是帶她去趟醫院吧。

不知從什麼時候開始，空氣中瀰漫著一股刺骨的寒氣，往窗外一看發現竟下雪了。「難怪那麼冷。」我緩緩將拉門關上。

那天夜裡寒流席捲全日本，茨城下了一場大雪。

看著窗外大雪紛飛，我實在擔心七緒會再度發病。

那晚的她有如被惡靈附體一般。我不想再看到那樣的七緒，希望她能早日克服心理障礙，回歸以往平靜的生活。

我強烈懷疑，她會惡化至此都是因為熊切。

本來我是很尊敬熊切導演的，但這次的調查卻讓我對他徹底改觀。

理由有三。

第一，他動用親子關係，和父親神湯堯「合演」紀錄片。

第二，他對妻子永津佐和子施暴。

第三，他將新藤七緒捲入自己的殉情鬧劇之中。

七緒會痛苦至此全是熊切造的孽。如果熊切真的深愛著七緒，看到她現在的慘狀不知會作何感想？還能否說出「殉情是終極喜悅」這種話？

雖說死者為大，但看到七緒今天下場如此淒慘，我對熊切已毫無崇敬之心，僅存的只有類似憎恨的嫌惡情緒。

熊切自私的殉情行為，糟蹋掉七緒二十幾到三十幾歲的歲月，讓她失去女性最寶貴、最閃耀的青春時光。無論如何，我都要解開七緒「心中」的束縛。

這是我對她的補償，彌補我的無端懷疑對她造成的莫大傷害。

〔二〇一〇年二月二十四日（三）〕

今天我和七緒之間第一次出現火藥味。

早上起床後，我試圖說服她跟我一起去醫院，沒想到她卻充耳不聞，甚至別過臉不願看我。我苦口婆心地好說歹說，只換來她一副愛理不理的態度。

我向她曉以大義：「這樣下去妳永遠都不會好，不知道什麼時候又要發病。」她卻依然看都不看我一眼。

這是她第一次毫不遮掩地表明情緒。我將她的頭轉過來，繼續勸她去看醫生，她卻絲毫不肯讓步，甚至對我大吼：「你再囉唆的話就搬出去！」

這句話令我怒火中燒。我默默起身，怒視腳邊的七緒一陣後，「砰」的一聲摔門而出。

昨天半夜雪就停了，田野間卻仍是白茫茫的一片。

我內心沉重地走在田間小路的積雪上。

出門時只穿了件開襟毛衣，我簡直快要凍壞了，但比起回去，我寧願在這裡受凍。

後來我決定慢跑驅寒，雖說雪地腳滑，好幾次都差點跌倒，但至少沒有這麼冷了。

花十分鐘跑到之前那座濱海公園，心臟撲通撲通跳個不停。我扶著右腰，放慢腳步進入公園。

公園裡寂寥無人。走至觀海高台，上次坐的那把長椅上蓋滿了雪，我無意清雪坐下，只站在一旁調整呼吸。

和七緒同居已經一個月了。

原本我以為和她同居能解開男女殉情的心境之謎，然而，這段日子她的身體一直不好，調查也陷入膠著。

雖說和採訪對象有私交能使報導更加深入，卻會產生以偏概全、失去客觀的龐大風險。

自和七緒開始交往後，我一直小心翼翼，但偶爾還是會為此忐忑不安，害怕自己因陷得太深而失去理智。

我是不是應該和她分手，搬回東京呢？

說得容易做得難，現在的我早已無法放她自生自滅、見死不救。而且……我已深深愛上七緒，想一輩子和她在一起。

但是，對七緒而言我又是什麼呢？她究竟愛不愛我？

她依然忘不了熊切嗎？忘不了那個想要置她於死地，又害得她痛苦至此的男人？

我看不見七緒的心。

我好想看七緒的心。

在公園走了約二十分鐘後，我回到家中。

七緒仍趴在原來的地方。

她看起來沒有生氣，只是不斷地啜泣，那聲音哭得我心疼。我真不該對她發脾氣的。

我抱起七緒的頭擁入懷中。

她真的好可愛，好可愛……

那一夜我和她做愛。

然而……無論再怎麼激情交媾，再怎麼緊緊擁抱，我還是看不到。

七緒的心……

〔二〇一〇年二月二十五日（四）〕

我的心好亂。

因為我知道七緒之前到底想跟我說什麼了。

她的潛意識要我幫她一個忙。

昨天半夜，她在無意識的狀況下，再度用不成聲的聲音向我要求著什麼……

為了聽清楚內容，我將耳朵貼近她青紫色的嘴唇，聚精會神地聆聽。

然後……

我聽懂了。

我知道七緒到底要我做什麼了……

那令我感到毛骨悚然，可怕到我不願意宣之於口，更別說寫在這份草稿上。

早知道就不要聽了。

現在是下午五點多。

大地已沐浴在餘暉的彩霞中，七緒卻依然沉沉睡著。

我決定絕口不提這件事。

〔二〇一〇年二月二十六日（五）〕

一早就被鳥叫聲喚醒。

幾隻斑點鶇和野鳥聚在客廳外的松樹上，天氣似乎比昨天暖和一些。

早上我把家裡打掃了一遍

先用吸塵器吸地板，拿抹布把廚房、走廊擦乾淨，再將堆積的廚餘丟到門外的大垃圾桶。為了除去室內的悶臭味，還噴了幾下之前在超市買的芳香噴劑。

打掃完畢後我休息了一下，讓自己喘口氣。

七緒還沒起床。

我悄悄地開門看她，她的氣色每下愈況，面色蒼白，肌膚暗淡無光，但那依然不減她的美麗，甚至給人一種高貴而聖潔的感覺。

望著七緒一陣之後，我不禁感嘆，與她相處的時光對我而言真是無可取代的寶物。

〔二〇一〇年二月二十七日（六）〕

昨晚七緒說了一句令我不敢置信的話。

她竟然要我盡快搬離這裡……

不同於上次吵架時的賭氣，這次七緒的口氣異常冷淡。

為了不要重蹈覆轍，我壓抑著情緒回道：「如果要我搬出去，至少要給我個理由。」七緒不改逞強的表情說：「如果我們繼續同居，只會陷入不幸，走向破滅一途。」

「胡說八道！」

相較於我的激動，七緒看著我的眼神淡漠而冷靜，彷彿喪失了所有的感情一般。

……我的身體裡似乎還有另一個我，她想要你……她想要你殺了我……

這段話讓我深受打擊，一時頭暈目眩不能自已。

七緒果然記得自己發病時說的話──「殺了我……」

我本想假裝不知情，將她的潛在欲求永遠埋藏心底。

然而，看來她的這句話並非出自潛意識，而是「意識」。

七緒接下來的一番告白深深烙印在我的腦海裡。

她說，剛和我同居時，本以為我能為她帶來活下去的希望。無奈事與願違，她的身體狀況一天比一天差，完全沒有好轉的跡象。對她而言，今後的人生不過是一場煉獄，那讓她感到厭世，覺得自己不配繼續活著。如果要死的話，她希望能由她真心深愛的我來動手，若能死在我的手中，她甘之如飴。而這樣的想法讓她膽戰心驚。

她意識清楚，態度冷靜，想必說的是真心話。

當然，現在的我根本下不了手。

難道我只有分手一途可選了嗎？

恍惚之中，她對我下了最後通牒——

我不願看見自己逐日凋零的淒慘模樣。

拜託你快點搬出去吧。如果真做不到，你就當是在做好事，殺了我……親手殺了我！

這是我對你的最後請求。

那晚我徹夜未眠，為自己的無力感到非常痛苦。

難道我真的救不了她嗎？只能眼睜睜看著自己的摯愛深陷七年前的束縛，陷入萬劫不復的深淵之中？
我永遠忘不了七緒昨晚的表情。
那冷漠的眼神彷彿在苛責我——你根本就不愛我。
我又何嘗不是這麼想？
昨晚她說自己「真心深愛」著我——真的嗎？她的心已不在熊切身上了嗎？
難道她不是因為受困於熊切的「墮落之愛」，才想盡早隨他而去嗎？
我的心像是被撕扯開一般疼痛。
對熊切的妒意像烈火一般燎遍全身。
而我的身體，我的心，似乎就要被這把妒火燃燒殆盡。
看來我已瘋狂地愛上七緒。
我好想向她證明自己的情意……

〔二〇一〇年二月二十八日（日）〕

不行！
絕對不可以！

我的腦中浮現一絲邪念——那念頭既駭人又骯髒，卻是解決我倆問題的最佳辦法。

我急忙將這念頭趕出腦海。

不行。

這個方法萬萬不可行。

〔二〇一〇年三月一日（一）〕

七緒的狀況一天比一天糟。

該怎麼辦？我們該怎麼做才好？

七緒的眼神似乎在向我訴說著什麼。

求求你……快……快點……殺了我。

我很為難，不知該如何回答。

你難道不愛我嗎……

沒那回事，我比任何人都愛她。
我好不甘心，為什麼她就是不懂我？為什麼她連這麼簡單的道理都不懂？
七緒是我的心中摯愛，為了她我可以……為了她我真的可以……

〔二〇一〇年三月二日（二）〕

下午兩點——
風和日麗，天空萬里無雲。
一如往常，我坐在海濱公園的長椅上眺望早春的大海。
海風雖仍有些冰冷，卻帶著點微微春香。冬天就要結束了。

今天我下定決心了——
自遇見七緒的那一刻……不，應該說從決定調查殉情案起，我倆就已注定是這個結局。

連續兩天徹夜未眠，此時此刻的我卻是如此神清氣爽。

舉高雙手，深吸了一口氣。當冷冽的空氣進入了肺部時，我不禁渾身緊張了起來。

七緒會怎麼反應呢？她會接受我的提議嗎？

然而，無論她是否願意，我的決心已不容動搖。

這一切都是為了實現七緒的願望……以及證明我倆的感情。

除此之外，別無他法。

〔二〇一〇年三月四日（四）〕

車窗外是一片銀裝素裹的八岳雪景。

我開著七緒的輕型車，駛在山梨縣O鎮的山間鞍部。

距上次來這裡已是三個月前。早上十點從茨城出發時，原本預計於四小時後抵達，然而現在已是下午四點多，也就是說，我們比預計時間晚了兩小時。

路上並沒有塞車，但因為輕型車開不快，上高速公路前又繞去買了一些東西，所以比想像中花了更多時間。

我瞄了一眼副駕駛座。

七緒戴著粉紅色的毛帽，安靜地望著窗外。不知她看到這幅和七年前相同的景色心情如何。

前天夜裡，我向七緒提議一起殉情——

一開始她不肯答應，我花了好長一段時間向她解釋，這是最好的解決方法……也是妳我長相廝守的唯一做法……最後我告訴她：「我的人生不能沒有妳，我不能送妳一個人上絕路，無論如何我們都要在一起……」

然而，她始終沉默以對。

我情不自禁地抱起了她。

七緒對我的提議不置可否，唯有慟哭之聲在我心中迴盪。

下午四點十分，車子抵達「南阿爾卑斯山　××別墅度假區」。

別墅是我昨天打電話給管理員伊藤以採訪名義訂的。我先開到管理室，請七緒在車上稍等，自己下車跟伊藤取鑰匙，再開車前往山莊。

林中雖然積雪仍深，但為利車輛通行，道路皆已完成除雪。

開了一陣後，便看到那座深綠色的三角屋頂，我側眼偷偷觀察七緒的反應，她還是老樣子，不發一語。

露台旁的停車場覆著一片沒有足跡的白雪，可見最近沒有房客入住。

為了怕車輛打滑，我壓過冰雪，小心翼翼地將車開上雪堆。

停好車後熄火，我拿起副駕駛座的波士頓包下車。雖說有陽光，但冷風依然刺骨。

用伊藤給我的鑰匙打開堅固的大門後，我和七緒一同走入別墅。

走進山間小屋風格的原木客廳，將包包放在中央的藤製沙發上，我看了一下七緒，她正安靜地仰望屋內。

選擇這間別墅做為殉情地點的，是我。

為什麼要選這個「老地方」呢？

這是我對熊切敏下的戰書。

我之所以尋死，除了是要證明我和七緒「至死不渝的愛」，還有一個很大的原因——為這部報導文學畫下句點。

採訪過程中我犯了兩個嚴重的錯誤，之後雖然重新修正方向、繼續採訪，卻在不知不覺中和七緒陷入熱戀，就連自己也踏上「心中」之路。

這次採訪發生太多意料之外的事。

但「採訪」不就是如此嗎？

無法預期的突發事件能使採訪過程更加刺激、更有價值，進而挖出驚爆內幕，寫出更吸引讀者的報導。

我作夢都沒想過自己竟然會殉情。不過話又說回來，「貼身報導殉情全程」在媒體界可說是一件創舉，不，應該是全世界首例吧？重點是，殉情的竟然還是記者自己。

然而，這麼腥羶的內容，不知是否會被禁止刊登？都已經發布預告了，如果真被撤稿就太對不起編輯了。

不過，就算真被撤稿也不要緊，因為在我死後，這篇作品一定會以某種形式公諸於世。當那一刻來臨，就是我成功超越熊切的時候。

熊切做不到的事，我卻做得到。我要用報導文學作家的身分，以「死」為真愛拉下終幕，震撼全球媒體界！

因此，我們的殉情舞台一定要是這棟別墅。

下午四點三十五分。

為了記錄殉情過程，我從後車廂拿出七緒家的攝影包。

因為是七年前能切用的舊機種，為測試還能不能錄影，回到別墅後我打開電源，在屋內試錄了一會兒。電量所剩無幾，但錄影功能正常。我走向沙發，將鏡頭對準沙發上的七緒。

電子取景器映出七緒的模樣。

頭上的粉色毛帽是如此適合她，底下的臉龐卻毫無生氣。

看來我們就快要沒有時間了。

氣溫驟降，我戰勝了火爐的誘惑，僅添了件毛衣禦寒。

自抵達別墅後我便昏昏欲睡。這幾天一直沒睡飽，再加上今早又開了六小時的長途車，筋疲力竭，今天就早點睡吧。

打開日式房間的窗戶，夕日正沉入湖中，將雲彩和湖面渲染成一片鮮紅。

我們沉醉在那美景之中，直到夕陽完全西沉為止。

平凡無奇的日落景色，對我倆而言卻充滿了奇蹟。

畢竟，這是我們有生之年最後一次看日落了……

〔二〇一〇年三月五日（五）〕

深夜兩點──

手機鬧鈴響起，我拿起枕邊的手機解除鬧鐘。

穿上羽絨外套，打開外燈，我穿上鞋子推開堅固的玄關大門。冷冽的空氣瞬間刺痛臉頰，令人睡意全消。

屋外薄霧瀰漫。我踩雪走至露台旁的停車場，從後車廂拿出裝著東西的紙袋，隨後回到別墅內開始準備。

首先，我將安眠藥和市售成藥排在木製餐桌上。

安眠藥是我昨天假裝罹患失眠症到七緒家附近的神經科騙來的。但因一天能拿到的藥量有限，所以我又上網搜尋使用市售成藥的自殺法。

網路上說，某些解酒成藥和安眠藥成分相同，和安眠藥一起吃也能致死（詳細藥名在這裡不便詳述）。昨天之所以會花這麼多時間才抵達這裡，就是因為我中途停了好幾家藥局買藥。

將藥排好後，我從紙袋中拿出紅酒。那是時價超過五萬日圓的高級波爾多老酒，為怕酒瓶在車子行進途中破掉，出門前我還特地用浴巾仔細包裹。在這生命的最後一刻，奢侈一下又有何妨。

我從廚房吧台廚櫃中拿出一組紅酒杯放在波爾多紅酒旁，將攝影機放在餐桌上，開機調整拍攝角度。七年前，熊切是將鏡頭對準日式房間，而我則是拍攝相反方向。這其實沒有什麼特別的意義，硬要說的話，我只是不想和熊切完全一樣。

為了讓藥物全數溶化，我將所有藥品放入在櫥櫃找到的玻璃冰桶，用研磨棒磨成藥粉。七年前，七緒用的是攪拌棒，但感覺不太好使，所以我才把她家廚房裡的研磨棒帶來。

大致磨好後，我喘了一口氣。基本上這樣就大功告成了，而時間也逼近凌晨三點。

趁著這段空檔，我從公事包中拿出筆記型電腦，在餐桌前記錄今昨兩天發生的事。

窗外天空逐漸泛白。

我停下手邊的打字工作，打開日式房間窗戶。

黎明前的藍白色湖畔濃霧彌漫。

時間來到早上的六點前——

再過幾個小時，我就要迎向死亡。

如果這兒還有另一個我，會如何訪問此刻的自己呢？

「你現在心情如何呢？」

「出乎意外的冷靜。不僅如此，心情還很舒暢。」

「難道你不怕死嗎？」

「說不怕是騙人的。但我已無法回頭，我們只剩這條路可走了。」

「你為什麼會決定殉情呢？」

「有幾個原因。第一，新藤七緒深受殉情後遺症所折磨，我想讓她安穩地邁向死亡；第二，我想確認她是否真的與我『至死不渝』……第三則是為了終結這篇報導文學。剛開始調查這個案子時，我完全無法理解『以死明愛』的想法，但此時此刻，我卻能強烈感受到世間真有相守以死的愛情。」

「原來如此……我懂了……下一個問題，你真的相信新藤七緒愛你嗎？」

「當然！我就是因為要證明我們彼此相愛才殉情的。」

「這會不會是一場騙局呢？」

「騙局？……什麼意思？」

「她會不會是假裝答應殉情，實際上是要殺死你呢？」

「怎麼可能，提議殉情的是我又不是她。」

「你確定不是新藤七緒誘導你的？為了殺你，她故意邀你到她家，裝病騙你，引君入甕。你上當了！」

「不可能！你在說什麼屁話？」

「讓我告訴你吧，你之所以會被新藤七緒吸引，是因為她身上的氣息，一股……死亡氣息……熊切在影片中不也說了？男女的『愛』原是生兒育女、展望未來的『趨生之愛』……但是，新藤七緒卻能顛覆愛的本質，讓人沉浸在死亡氣息之中，墜入深淵進而殉情。你雖然一直強調自己無法理解熊切，實際上卻對「心中」抱持著強烈憧憬。七緒就是巧妙利用這種想法，將你步步引入騙局……」

「她有什麼理由騙我？」

「這我哪知道啊。會不會是因為『你知道太多』的關係呢？這一點你最清楚不過吧？熊切的殉情根本就是一場……」

我甩開了腦中那令人作嘔的聲音。不可能！怎麼可能……我和七緒是彼此相愛的……

正是為了證明這一點，我們才會踏上絕路。沒錯，我們的感情即將面臨考驗，死亡將是她愛我的最佳證明。

早晨七點十五分——

我啟動攝影機放在餐桌上，將鏡頭對準對面的七緒後按下攝影鍵。

她用眼神清楚地告訴我：「好痛苦，我不想活了，快送我上路。」

我將磨好的藥粉分裝在兩個酒杯中，每一杯的藥粉都有半杯之多，隨後拔開軟木塞倒酒，用攪拌棒將酒藥混合均勻後，放到我倆眼前。

準備完成。

確認我們心中愛意的時刻終於來了。

我拿起酒杯和七緒同桌共飲。

她的肌膚比起發白更接近泛青，雙唇也毫無血色。可憐的七緒，我好想快些讓她解脫。

「上路吧。」我注視著七緒的雙眼說道。

七緒將最後一絲力氣化作眼裡的堅強回應我，那眼神令我胸口一緊。

我這才意識到，剛才的自己是何等愚蠢。

我們的感情面臨如此大的考驗……七緒為我犧牲至此，而我卻疑心於她。

她是如此的獨一無二，可愛得令人瘋狂迷戀。

為了她我可以……為了她我真的可以……

「為了她，我死而無憾。」我在心中狂吼。

鮮血般的波爾多紅酒中漂浮著無數安眠藥粉末，我伸出顫抖的雙手拿起酒杯，徐徐靠近唇邊，一鼓作氣傾杯飲下。

瞬時，強勁的果酸入侵口腔，粉末的粗糙口感隨著酒汁流過喉頭。我趁勢一口飲盡杯中的紅酒。

因喝得太急太快，嗆得我直咳嗽，只得趕緊放下酒杯，伸手從褲袋拿出手帕，擦去唇邊的紅酒汁。

我終於喝完自殺安眠藥了，接下來換七緒了。我一邊用手帕擦嘴，一邊看向七緒。

結果，七緒她……

七緒她……

七緒她……

空虛的眼神，彷彿喪失所有感情一般……

她並沒有拿起杯子的意思。

彷彿時間停止一般的寂靜——

唯有攝影機的運轉聲空虛地響著。

七緒依然無動於衷。

我的全身顫抖不已。

「我就說吧。」另一個自己幸災樂禍地笑著說道，我努力將那下流的笑聲甩出腦中。

不會的……

七緒只是礙於七年前的後遺症，一時恐懼喝藥而已，之後她一定會喝的。

別急，還有三十分鐘到一個小時藥效才會發作，我還有僅存的一些時間。

我緩緩起身，拿起餐桌上的攝影機，將鏡頭拉近拍攝七緒的臉部。

液晶螢幕上只有七緒的近臉，然而，她似乎無意看鏡頭。

其實我有件事情想要問七緒，只有這件事情，我一定要在離世之前向她確認清楚……

所以，我要對她做最後一次的訪問。

（※以下是整理過後的對話內容）

【新藤七緒・第四次採訪錄音】

問：沒時間了，我們就打開天窗說亮話吧，妳到底愛不愛熊切敏？

——為什麼這麼問？

問：一開始我以為這是椿「假殉情」，直到看了妳的殉情影帶，我才發現自己推論錯誤。

然而，和妳交往後，隨著對妳的了解越來越深，我越是心生疑惑。熊切敏根本不是值得愛的好男人，其實妳根本不愛他吧？我說這話不是出於嫉妒什麼的，而是真心這麼覺得。然後我確信了，你們的殉情根本就是一場「偽裝」……

——不是的，殉情並非「偽裝」，你看過影帶不是嗎？

問：熊切本人確實在影片中闡述自己的殉情意願，並親手喝下藥酒。所以一開始看那卷影帶時，我才會相信你們是真的殉情。

但同時我也感到疑惑，為什麼熊切要這麼仔細地錄下殉情全程？不但要妳拍攝他寫遺書的樣子，還親口對攝影機交代遺言，甚至錄下喝藥到喪命的過程。他為什麼要做到這個地步？

——應該是因為他是導演吧。

問：沒錯，正因為他是影片導演，才會想把自己的殉情全程記錄下來。也就是說，那卷殉情影帶是導演熊切敏的「作品」。

我會這麼想是因為太宰治。據說太宰是為了「寫小說」才不斷自殺和殉情。

我心想，如果熊切的心態和太宰一樣的話，這件事就說得通了。沒錯，那場殉情是熊切的「作品」，由秘書兼情婦的妳所策劃，熊切演出的影視作品。

如何？我說得沒錯吧。

——我不知道殉情是不是熊切的「作品」，但這和殉情真假無關吧？

問：熊切一開始根本不打算死吧？

那卷殉情影帶只是個幌子。也就是說，他面對鏡頭「演」了一場殉情好戲。至少熊切是這麼打算的，所以他才會在鏡頭前寫遺書、說遺言，「假裝」殉情。

那卷影帶一開始也成功地騙過我，讓我以為熊切並非被人殺害，而是為愛自殺。然而，深入調查後，我發現許多熊切不為人知的人格本質，實在很難相信他竟會真心想「殉情」。事實上，他也根本無意尋死。

熊切導演經常推出驚世之作。妳手上的那三卷影帶，其實是你倆暗中企劃的下一部紀錄片，宣傳噱頭應該是〈紀錄片界創舉！革命性導演　熊切敏和情婦的殉情全紀錄！〉。為了一鳴驚人，你們沒有把這個秘密告訴其他同事……我想，應該是妳向熊切提議以「心中」為拍攝主題的吧。熊切同意這個企劃後，你們來到這棟別墅，互相拍攝彼此，演出殉情戲碼。一切的一切都是假的，只有一個東西是真的，那就是妳準備的安眠藥。

——這未免也太大費周章了吧！更何況，我也喝下了安眠藥，而且還比熊切先喝……

問：錄影不過是妳製造假殉情的手段，好在之後證明自己的清白，甚至成功騙過了我……

至於喝安眠藥的順序問題，安眠藥是妳準備的吧？妳是不是把藥掉包了呢？比方說，在自己的藥裡混入健康食品，或是多加一點水，調淡安眠藥的成分。且因這本來就是一樁假「心中」，就算熊切的杯子裡有疑似安眠藥的藥物，他當然也不會起疑。

然後妳只要假裝「先」喝藥，就可以理所當然地先選擇安眠藥成分比較少的酒……

只要妳先喝藥酒，就能證明「自己有殉情意願」，事實上，妳也因此而成功脫罪。

殉情前一天傳「自殺預告簡訊」給熊切太太的也是妳吧？我猜妳是趁著熊切不注意時用他的手機傳的。

為什麼妳要傳那種簡訊呢？因為妳是在替自己「買保險」。雖說妳喝的藥量比熊切少，但如果拖太久還是有可能喪命。妳必須在這場殉情中「生還」，為了早點被發現，才故意傳簡訊給佐和子小姐。

——一派胡言，我何必處心積慮要殺掉熊切？

問：因為妳是「刺客」。為了殺害熊切，妳進入熊切娛樂公司工作，用美人計成為他的情婦。

和熊切交往的那一年，妳培養出精湛的演技。妳演活了情婦這個角色，順利讓熊切墜入殉情深淵，妳果然有當演員的潛力，就連我也被妳那精湛的演技給騙倒了……

——那不是演出來的……你到底要我說多少次？殉情是真的……而且你別忘了，熊切可是神湯堯的親生兒子，他怎麼會派刺客暗殺熊切？

問：沒錯，起初我也想不透這一點。但仔細想想，熊切樹敵眾多，想殺他的可不只神湯。所以我懷疑，派刺客取熊切性命的另有其人……

然後，我想到一個人。

之前回東京時，我曾經和那個人碰面。雇用妳殺害熊切的肯定就是她……

——……誰？

問：透過經紀公司找不到她，所以我是直接去她家找人的，雖然沒有事先約好，但一報上妳的名字，永津佐和子馬上就開門讓我進去了。

——……

問：之前訪問熊切娛樂公司的森角時，他曾說，永津佐和子在熊切的電腦裡找到這間別墅的網頁瀏覽紀錄。當時我本沒多想，但隨著採訪進行，事情越來越明朗後，我不禁心生懷疑……

佐和子小姐應該知道你們要在這棟別墅殉情吧？為了讓妳「生還」，她刻意告訴森角這個地方……而且，告訴森角熊切要自殺的也是她。如果說她早就知道妳要和熊切殉情，那麼一切都說得通了。

妳曾說過，妳和永津佐和子是遠房親戚，就連妳父親工廠倒閉，背上大筆債務時，也是永津佐和子出錢相救。

她不只是妳家裡的救命恩人，還讓妳當她的助理，幫妳開拓明星路。她對妳恩重如山，這份恩情一輩子都還不完。

妳曾和我說，妳從永津佐和子身上學到許多做人的道理，妳打從心裡尊敬她。永津佐和子是妳在演藝圈的目標，甚至是人生的指標。

所以，對於她所遭受的痛苦，妳才無法袖手旁觀吧？

佐和子是演藝圈的一線女演員，然而嫁給熊切後，她的人生卻產生了劇變。他們表面上是一對恩愛的夫妻，但事實上並非如此。熊切時常對她拳腳相向，佐和子恨不得能快點和熊切離婚。然而，她卻有絕對無法和熊切離婚的理由……

因為影帶，對吧？

——……我不知道你在說什麼。

問：熊切有自拍性愛影片的癖好，殉情錄影帶中也有你們的性愛畫面。可想而知，他一定也會錄下自己和明星老婆魚水交歡的畫面。

家暴慣犯加上變態癖好，永津佐和子越來越受不了熊切，數度向他提出離婚要求。但熊切怎會放過知名的明星老婆？他威脅佐和子，如果離婚他就公布影帶。若影片流傳出去，永津佐和子的演藝生涯就完蛋了。她百般思考，最後決定殺了熊切，而且是在誰都不知道的情況下，以「最大受害者」的身分為之……

於是，佐和子派出刺客，也就是妳接近熊切。因她對妳有恩，妳在無法抗命的狀態下，依照她的指示當上熊切秘書，成為他的情婦，花了整整一年時間策劃假殉情，最後終於殺了熊切。

——不是這樣的……

問：那是怎樣？

——……和佐和子小姐無關。

問：無關？什麼意思？

——全部都是我做的，佐和子小姐完全不知情……她是我從小的偶像，我唯一自豪的事情就是身為永津佐和子的親戚。她是個非常完美的女性，你說得沒錯，她對我恩重如山，這份恩情我一輩子都還不完。

我之所以會當她的助理，不是因為想當演員，而是想當永津佐和子。因此，我無法對如此痛苦的佐和子小姐坐視不管，也無法原諒熊切，所以就自己想出這個辦法……

問：妳終於承認了。妳在第一次訪問時曾說「熊切有人格缺陷」，面對我的追問卻又說事關他的名譽無法回答，我一直很在意這一點。其實妳非常憎惡熊切對吧？他家暴、拍攝變態影片，甚至打算踐踏妳最尊敬的佐和子小姐的名譽……

拜訪永津佐和子的時候，我向她問了一模一樣的話，她不置可否，只是一味地哭泣。

——這樣啊……自從那件事後，我就沒見過她了……

問：我們回到第一個問題，妳愛熊切嗎？

——為什麼這麼問？

問：我快要沒時間了，回答我！

自從和妳結合交心後，我開始希望妳和熊切的殉情是一場「偽裝」，雖然剛開始調查時我也希望這是一樁假殉情，但心態卻全然不同。

我已瘋狂愛上妳，我的心為妳所囚禁，我們結合的那一天是我這一生最幸福的時光……

所以，我非常嫉妒熊切，那個讓妳「死而無憾」的熊切……

然而，如果殉情是「偽裝」的話，代表妳根本就不愛熊切，反而恨透了他，恨到必須策劃假殉情殺死他的地步……妳對熊切真的絲毫沒有感情嗎？我想要知道真相。

所以，告訴我，妳愛熊切嗎？

——……你已經知道答案了不是嗎？

問：那麼，請妳回答我最後一個問題。

妳愛我嗎？

訪問到此結束。

面對我最後一個問題，她無言以對。

我無力地放下攝影機，按下停止鍵。

時間剛過早上八點。

距離喝下安眠藥已過了四十分鐘以上。

現在的我坐在筆電前確認這篇稿子，趁著還有意識，寫完這段最後的紀錄。

七緒依舊沒有喝下安眠藥。

但是我相信，等等她一定會喝乾紅酒，隨我而去……

也相信，我們會在黃泉重逢……

（完）

以上是若橋吳成的報導文學全文。

二〇一〇年三月五日，下午一點三十分。

退房時間已超過兩個小時，若橋卻遲遲沒有來還鑰匙。管理員（作品中的假名為「伊藤」）不斷打電話到別墅，卻一直沒人接聽。他覺得事有蹊蹺，趕到別墅一看，只發現存有稿子的筆電和一具遺體。

管理員立刻報警，事件就此曝光。

別墅裡的遺體——

這具遺體並非若橋，而是一位「女性」。

以下是當時的新聞報導。

〈**山梨縣別墅驚見女屍**〉

今日下午一點多，山梨縣〇鎮出租別墅內發現一具女性屍體。發現者是該出租別墅的管理員，屋內除了死亡的女性，還有一名男性昏倒在旁。目前女屍身分不明，男性貌似在別墅內吞下大量安眠藥企圖自殺。警察將該男列入涉案人士，待他甦醒後將進行偵查。

（二〇一〇年三月六日出刊《山梨甲信新報》）

〈山梨殺女案　報導文學作家遭逮捕〉

本月五日，針對山梨縣出租別墅女屍一案，警方以殺人棄屍罪嫌逮補一名報導文學作家。該男在別墅內喝下大量安眠藥自殺未遂，並於數小時後恢復意識，坦承犯案。男子供稱，被殺害的是住在茨城縣的三十四歲女性×××（新藤七緒本名），兩人因採訪而結識，約兩個月前在茨城縣H市的被害人家中同居。遺體發現時，女性已死亡多日，男子供述自己是在被害者家中將之殺害。目前搜查總部正調查案件詳情，追查犯案動機。

（二〇一〇年三月八日出刊《山梨甲信新報》）

〈別墅女屍疑似和過去殉情案有關〉

據調查，山梨縣別墅案的被害人——×××（三十四歲）曾於二〇〇二年十月企圖和紀錄片導演熊切敏殉情自殺。

××××當時於熊切導演所經營的公司上班，之後兩人發展出不倫之戀，並吞服大量安眠藥殉情。熊切導演因此死亡，××××則救回一命。警方目前正在調查兩件案子的關聯性。

（二〇一〇年三月八日出刊《山梨中央時報》）

〈報導文學作家交送精神鑑定〉

【本報訊】針對報導文學作家殺害同居女性一案，辯護團隊向山梨地檢署要求將嫌犯送交精神鑑定。辯方指稱，男性犯案時明顯精神有問題，應無正常判斷能力。山梨地檢署已接受辯方申請，將對男性進行精神鑑定。

（二〇一〇年四月七日出刊《山梨甲信新報》）

根據山梨各報的報導，熊切敏前情婦（本報導文學中的假名為「新藤七緒」）是被若橋吳成（作者為此報導文學所取的筆名）所殺害。

該作品原本要在某綜合雜誌上連載，但後來編輯部決議取消刊登，以下為雜誌當時刊登的道歉啟事。

道歉啟事

本刊將取消上期預告的「熊切敏殉情案」報導文學之刊登。理由有二——

第一，有人因該報導喪失寶貴的性命。

第二，該報導作者於採訪期間發生嚴重的精神問題，報導記載內容之正確性有待質疑。

本刊將引以為鑑，避免今後再次發生類似事件。對於已故的×××小姐本刊深感哀悼，在此致上最深切的慰問。

二〇一〇年三月二十五日　編輯部

〔參考文獻〕

《自殺網聚》涉井哲也（生活人新書）
《殉情邀請函》小林恭二（文春新書）
《惡漢　太宰治傳》豬瀨直樹（文春文庫）

關於《卡繆的刺客》出版一事

——長江俊和

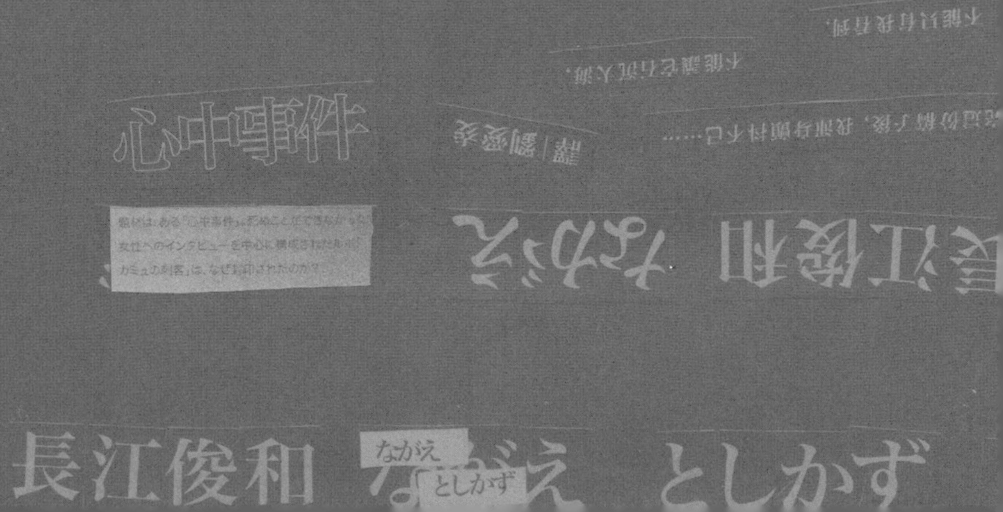

二〇一〇年的五月，我第一次閱讀了《卡繆的刺客》這份被禁止刊載的報導文學。

正如〈序〉中所描述的一樣，我為這篇內容的奇異性感到驚訝，並極力地想將這篇作品公諸於世。

然而，出版過程卻是困難重重。

第一，若橋因被控殺人棄屍罪而遭到拘留，並接受精神狀況和責任能力的調查。若在審判期間出版本書將可能影響判決結果，因此，在判決正式出爐之前，要讓書內相關人士同意出版可說是極為困難。

第二，書中充滿了疑點。

一篇案發當時的報導記述如下——

「遺體被發現時，女性早已死亡多日，男子供述承認自己是在被害者家中將其殺害。」

（二〇一〇年三月八日出刊《山梨甲信新報》）

新藤七緒（假名）的死亡地點並非山梨別墅，若橋是在茨城被害人家中犯下罪行，也就是說，他和七緒的「屍體」相處了幾天。這是怎麼一回事？

此外，最令人摸不著頭緒的是「動機」。

若橋為何要置她於死地呢？作品裡對這點隻字未提，案發後的新聞報導對此也沒有特別著墨。（案發後只有山梨地方報紙報導此案，全國性報紙僅以小規模刊登。）

基於這幾點，出版時日遙遙無期。因此，我決定「等」。待案件真相大白後，再處理出版事宜。

說時遲那時快，案發三個月後的二〇一〇年六月二十四日凌晨，拘留中的若橋被人發現以衣服上吊身亡。案發現場未找到遺書，警方依狀況判斷他是自殺。因兇嫌已經死亡，導致若橋一案未審判先結案。

雖說結案降低了出版難度，卻無法釐清以上疑點。

為了不讓真相石沉大海，我開始著手調查。然而，當時並無任何八卦小報報導此案，若橋的自殺消息也僅被刊登在報紙一角，就連原本要刊登若橋作品的雜誌社也聲稱自己不知道詳情。我想，畢竟鬧出了人命，雜誌社大概是想和這篇作品劃清界線吧。

我試著聯絡負責偵辦該案的警官、若橋的辯護律師，但他們都基於保密義務拒絕受訪。

調查陷入膠著，情況實在不甚樂觀。

七年前殉情生還的情婦遭人殺害……這不是媒體最關心的話題嗎？為什麼幾乎沒有媒體報導？甚至找不到曾經採訪本案的記者。

不過，透過認識的媒體朋友，我還是拿到了一些未曾曝光的消息。

首先，根據警方推測的死亡時間以及兇嫌的供詞，新藤七緒是於二〇一〇年二月二十日凌晨遭殺害。事件於三月五日曝光，因此，遺體被人發現時已死亡兩週的時間。

另外，若橋接受警方偵訊時供述：「七緒沒死，我們能像平常一樣對話。」換句話說，若橋殺人後認為被害人**還活著**，並和屍體生活了整整兩週。

作品中七緒和若橋至死不渝的戀情，難道都是若橋編造的妄想嗎？

雜誌編輯部曾在道歉啟事中強調「報導記載內容之正確性有待質疑」，而若橋卻在偵訊時強烈否認這一點。

他表示──

「我絕對沒有發瘋。我經常在腦中聽見七緒的聲音。『正確性有待質疑』根本就是胡說八道，我寫的字字屬實、毫無虛言。」

「我沒瘋」——每一個精神病患都會這麼說。但他的這番話卻莫名地具有說服力。

報紙曾報導若橋「精神有問題」，但我覺得並非如此。看完若橋的報導文學就知道，他思路清晰，步步沿線追查。這樣的他，是因為什麼原因，又是什麼時候開始出現「精神問題」的呢？

幾經思考後，我覺得若橋說得沒錯，他不是因為「瘋了」才殺害七緒……而是為了某個更明確的動機才會下手。

「那若橋犯案的真正動機到底為何？」——看到這裡，你是不是也很想這麼問呢？很可惜，我並不知道。

另外，若橋在偵查時，曾說過一句意味深遠的話。

「我在作品中安排了幾個把戲。」

這句話令我匪夷所思。
他口中的「把戲」究竟是什麼？難道他在作品裡藏了什麼密碼？
我又重讀了一、兩次他的稿件，但並沒有任何發現。
於是，我決定將調查範圍縮減至被害人的死亡時間——「二〇一〇年二月二十日凌晨」。
二月二十日是什麼日子？是若橋與七緒同居的第二十天。作品中記述了七緒嚴重發病，以及若橋不計一切安撫她的情況。
一開始我並未察覺不妥，但仔細重複看了幾次後，終於在下述片段找到若橋的「把戲」——

（以下節錄自二〇一〇年二月二十日之內容）

七年了，她仍擺脫不了熊切的束縛。
悲哀的殉情末路。
我不想見到如此不堪的她……卻又無法坐視不管。
房間裡彌漫著嘔吐物的臭氣，強忍著作嘔的衝動，我環著她的雙手又用力了一些。看著她呼吸失控，露出痛不欲生的表情，雙眼痙攣，我好想減輕七緒的痛苦。然而如今我唯一能做的，就是像現在這樣，祈禱這場痛苦盡快結束。

在我懷裡掙扎一陣後，七緒終於放鬆力氣，緩緩閉上雙眼。

痛苦過去了。

我看著懷中的她良久。

微微顫抖的紫唇，黏在肌膚上的凌亂黑髮，蒼白的臉龐。

我無法將視線移開那張容顏，七緒是如此的可愛。

殺了我也無所謂，我願意為她而死。她是我生命中無可替代的女性，沒有人、沒有任何人能比我更愛她。

了解自己的情感後，我抱著她滾倒在床鋪上，就像初次交媾時一樣……親吻那因嘔吐物而濕潤、不帶血色的雙唇。然而——

七緒只是緊閉著雙眼，沒有回應我……

在知道七緒是死於若橋之手後，這段文章和第一次閱讀時便有了完全不同的感受。

「我環著她的雙手又用力了一些。看著她呼吸失控，露出痛不欲生的表情，雙眼痙攣，我好想減輕七緒的痛苦……」

「在我懷裡掙扎一陣後，七緒終於放鬆力氣，緩緩閉上雙眼。」

原本我以為這幾句話寫的是若橋對七緒發病時的安撫，沒想到竟是他殺害七緒的過程。

但這並不是我的重點，這段文章中明確寫著若橋就是兇手。

讓我們再看一次——

我無法將視線移開那張容顏，七緒是如此的可愛。

殺了我也無所謂，此時此刻，我願意為她而死。她是我生命中無可替代的女性，沒有人、沒有任何人能比我更愛她。

了解自己的情感後，我抱著她滾倒在床鋪上，就像初次交媾時一樣……親吻那因嘔吐物而濕潤、不帶血色的雙唇。然而——

七緒只是緊閉著雙眼，沒有回應我……

看到了嗎？

第一次讀時我完全沒注意到。

不是暗示，而是光明正大地寫著——「我殺了七緒」。

這應該就是若橋口中的「把戲」。

若橋說自己安排了「幾個」把戲。也就是說，作品中的密碼不只一個。若能全數破解密碼，也許就能找出案件真相。

於是我又從頭讀起，瞠目細查，不放過一字一句。但很可惜的是，無論看幾次都毫無收穫。

但我又發現了新的疑點。

若橋於二月二十日殺死七緒後，和屍體共度近兩週的時光。

奇怪的是，二月二十三日他們還一起散步至濱海公園；三月四日，七緒還坐在副駕駛座，和若橋一起從茨城開車到山梨。

帶著屍體到公園去、把屍體放在副駕駛座開上了高速公路，這難道不會引人側目嗎？……

難道這些都只是若橋的妄想？

若橋說，他經常在腦中聽見七緒的聲音。既然如此，要說這一切都是他的幻覺也不無可能。

然而他卻斬釘截鐵地說，自己在作品裡寫的「字字屬實，毫無虛言」。

假設若橋說的是真的，那篇報導文學寫的都是事實……那麼，他是怎麼運送屍體的呢？

事情越來越複雜了。若橋為何要殺害七緒？又為何故弄玄虛，在作品中安排「把戲」？

想要釐清這些疑點本就不簡單，如今若橋已死，審判無疾而終，尋求真相將變得更加困難。

＊　＊　＊

二〇一〇年九月某日——

我去了山梨一趟。

透過電視台友人的介紹，我聯絡上一位曾親自採訪該案的地方台記者，並和他約在甲府市內的電視台一樓咖啡廳見面。

這位記者去年剛被調到新聞台的採訪中心，外表一本正經，年紀不滿三十五歲。他願意在不記名的條件下受訪。

半年前他一聽到消息，直覺這是自己調職以來的大案子，立刻趕到陳屍的別墅採訪。他對這件案子很感興趣，獨自訪問過不少目擊證人和警方人士。

然而，案發數天之後，採訪中心的上司卻沒來由地突然下令中止採訪，這個調查被迫中斷。由此可知，一定是有誰在背後操弄，本案才沒有在全國性報紙上曝光。

因留著也沒用，他把當時採訪的影帶、資料全給了我。言談間似乎對打壓採訪的上司感到憤憤不平。

我從他給的資料中得到幾個新情報。

●兇手本名為□□□□（※恕此處和其他報導一樣不公布兇手本名），富山縣出身，被捕時年為三十五歲。

●大學畢業後進入東京的影視編輯公司上班，並在二十多歲時離職，改當專寫報導文學的自由撰稿人。後因罹患重病暫停工作，數年後回歸職場。
●近年來因工作不順，甚至曾為維持生計到徵信社打工。
●沒有兄弟姐妹，父母皆已去世，只在富山有遠房親戚。

若橋過去奉公守法，從未有過前科。實在難以想像這樣的一個人竟會殺害採訪對象、和屍體共度兩週。他究竟為何會做出如此離經叛道之事呢？

我向那名記者問了同樣的問題，他回答道：「若橋在偵訊時聲稱，自己是憐憫被害人為病所苦，才會想『盡快幫她脫離苦海』。但我覺得，他殺人後的一連串行動很令人匪夷所思。」

「警方有重新調查熊切敏殉情案嗎？」

「因若橋採訪的是七年前的『熊切敏殉情案』，所以警方也曾注意到這兩個案件的關聯性。不過他們並沒有重新調查，我想，大概是因為殉情案的兩位當事人都已死亡，再查也是徒勞無功吧。」

若橋為了證明自己的「殉情偽裝說」並無錯誤，在別墅裡向七緒的屍體長篇大論。

沒想到真相至今仍是個謎。

若橋的推斷到底是真是假？如果新藤七緒是假殉情、真殺人，她又為何答應若橋的邀訪，最後甚至和他同居？

七緒是真心愛著若橋嗎？還是別有居心呢？如果七緒真殺了熊切，若橋是如此渴望找出熊切案的真相，七緒又怎會和他在一起呢？

然而，無論我心中存有多少疑問，七緒已然離世，我們已無從得知她的真正心情。

我把這件事告訴那位記者後，他拿出一份資料，說是可以給我參考。

「這份資料是在殺人現場，也就是被害人家中找到的東西，是我請警方讓我複印的。」

那是兩張用素色信紙寫成、筆跡端正的信件備份。

那位記者說，這是警方搜索七緒家時，在臥室書桌抽屜裡找到的證物。

筆跡鑑定結果證明，這封信確實出自新藤七緒之手，信紙上也未發現任何若橋的指紋。

以下是信件全文——

我沒有寫日記的習慣，但突然間很想寫些什麼，便動手寫起這封信。寫這封信並非是要給誰看，但如果您看了這封信，還請包容我的拙文劣字。

自三年前家母去世後，我的身體狀況一日不如一日。有時是一整天下不了床，有時是一整天水米不進。雖去看了好幾次醫生，卻遲遲無法找出原因。

有時我會想，我會不會就此死去呢？與其充滿痛苦地活著，倒不如死了圖個痛快。雖然不知會要以何種形式離去，但我知道，在不久的將來，自己就要與世長辭了。

我很清楚這是不可避免的結果，因為始作俑者正是我本人。一切都源於七年前，我悖離人道，做出駭人聽聞之事的那天。

對此，我從未感到一絲後悔，直到今天我仍堅信自己的所作所為並沒有錯。因此，即使老天要我潦倒而死，我也沒有半分怨言。

但是，如果說我已對世間毫無戀棧，那是騙人的。

因為我身邊出現了一個值得珍惜的人。

當初因為害怕東窗事發，我鄭重地拒絕了他的邀訪。但有一天我突然意識到，若放任他不管，他總有一天會追查到對我恩重如山的那個人，於是便接受了他的採訪。

沒錯。當初我之所以和他接觸，是為了「害怕事跡敗露」這種可惡的理由。

然而……隨著和他相識漸深，一股奇妙的感情在我心中萌芽，就連停止在七年前的時間……也因他而再度轉動。

一絲曙光射進我那緊閉而陰暗的心中，喚醒我塵封已久的「希望」。自從和他一同生活後，我產生了這樣的想法——

我要為他生兒育女，共度一生。

當然我很清楚，像我這種天理不容的女人是沒有資格說這種話的，但是……

難道真的無法美夢成真嗎？

我從不怨天絕我命，只怨上天將他帶進我的生命中。

因為如果沒有他，我就能毫無牽掛地去另一個世界了……

二〇一〇年二月十六日

×××（新藤七緒本名）

信中可看出，新藤七緒似乎早已對死有所體悟。

值得一提的是，她在信中默認自己殺害熊切，以及坦承對若橋有極深的戀慕之情。

她對若橋的感情是真的。

這封信顯示七緒對自己犯下的滔天大罪深感苦惱。多年之後，她遇見想要解開案件真相的若橋，並為若橋所深深吸引，覺得他是將自己從罪孽中解放出來的救世主。

若橋又是怎麼想呢？他在作品中曾吐露對七緒的心意——

對熊切的妒意如烈火一般燎遍全身。

而我的身體，我的心，似乎就要被這把妒火燃燒殆盡。

看來我已瘋狂愛上七緒。

這是若橋的真心話嗎？如果他真的「瘋狂愛上」了七緒，又為什麼要將她殺害呢？

為此我詢問那位記者的意見，他回答道：「我也覺得奇怪，為什麼□□（若橋本名）非得殺害對他痴心一片的七緒不可。他也真是個人渣，丟我們媒體的臉，既然身為記者，發現七緒的罪行後應該要勸她贖罪自首才對吧？可是他竟然殺了人不夠，還幹出那種喪盡天良的事！」

我抬起頭來。

「……喪盡天良？什麼意思？」

那位記者的表情瞬間僵掉。我等了一陣子，看他無意回答，又問：「還有什麼我不知道的事嗎？」

「……您是真的不知道嗎？」

他深深嘆了口氣。

「我還以為長江先生您一定知道。」

他表情沉重地思考了一陣。

「好吧！請您跟我來。」

語畢，他拿起帳單起身，示意我跟他走。

走出咖啡廳，他帶我到位於電視台三樓的一間五、六人用小會議室。

「請您在這稍等一下。」說完便板著臉走了出去。

約十分鐘後，那位記者腋下夾著一台筆記型電腦回來了。

他坐到我旁邊，打開電腦，一臉神祕地對我說：「若您想知道他到底做了什麼，看這部電腦中的影片檔是最快的方式……先聲明一下，影片內容非常驚人，您確定要看嗎？」

「當然……到底是什麼樣的影片？」

他想了一下回道：「您看了就知道。」

「好，那您播放吧。」

記者默默點了點頭，將螢幕轉向我，點開影片檔。

影片開始播放。

山間小屋風格的客廳——

畫面上沒有人。

攝影機照向四周，接連印出未上漆的原木牆壁、占據客廳一角的火爐、屋子中央的藤製沙發組，客廳旁邊的飯廳裡則放了一張大型木製餐桌。

看來這是兩樁案件的事發別墅。

螢幕右端的日期顯示「2010/3/4　16：××」，也就是七緒的屍體被發現的前一天。

若橋在作品中提到，他抵達山莊後曾測試攝影機還能不能用，想必這就是那時的影像。

攝影機逐漸靠近客廳中央的藤編兩人座沙發和玻璃桌，沙發上放了一個約四、五十公分寬的黑色波士頓包。

鏡頭拉近拍攝波士頓包，拍攝者從左方伸手至鏡頭前，準備拉開包包拉鍊。

拉鍊緩緩地拉開，露出包包裡的東西——

我不禁別過頭。

波士頓包裡裝的是……

女人的頭。

她頭戴「粉紅色毛帽」，皮膚呈現紅紫色，白濁的眼球已經失去了生命該有的光芒。

那畫面令我無法直視。然而，她從波士頓包向外偷看的模樣卻深深烙印在我的腦海裡。

＊　＊　＊

回到東京後，我遲遲忘不了在山梨看到的影片。

影片並未就此結束。

作品中提到，若橋在喝下安眠藥紅酒後曾對七緒進行「最後的訪問」。

訪問全程也保存在那位記者的電腦中。

若橋將七緒從波士頓包中拿出來放在桌上。

只有頭顱，沒有身體。

鏡頭外傳來拍攝者若橋的聲音。

將近二十分鐘，若橋不斷向她提問，偶爾還會回話。

那光景簡直慘不忍睹，令人無法直視。

那位記者說，這個檔案是他從搜查人員那拷貝來的，據說警方原本要交給法院作為證據。

沒想到若橋竟以這麼不堪的方式對待屍體，令人聞之愕然。

受到影片驚嚇後，好一陣子我都無法冷靜思考案情。但多虧了那位記者朋友提供的寶貴資料，讓我得知屍體狀況，因此解開了不少疑點。

第一，若橋的屍體運送方式終於有了眉目。

我想，他應該是將頭顱放在包包裡。這麼一來，即使出入公園、放在副駕駛座也不會被人發現。

仔細閱讀文章，會發現若橋二月二十三日去公園時「帶著包包」，三月四日到達別墅時也曾「拿起副駕駛座的波士頓包下車」。

第二，在知道屍體只有頭顱後，我又在文章中有了新發現。

若橋果然安排了不只一個「把戲」。

以下是若橋殺害七緒兩天後的記述——

（以下節錄自二〇一〇年二月二十二日之內容）

七緒的狀況一直不見好。

身為這個家的一分子，我應該幫忙一點家務。於是我將她留在家裡，一個人到附近的超市購物。

首先，我到生活用品區拿了垃圾袋、菜瓜布和除臭噴劑。

異常寒冷的生鮮區前站了許多挑選肉品的主婦。

處裡完日用品和食材後，經過書籍區時，想到七緒車上沒有衛星導航，便拿了首都圈地圖去結帳。

和上次同樣的把戲，若橋在該段落清楚交代了七緒的狀態。

如果您還是看不出來，請唸唸看每行第一個字。

在知道屍體的慘況後，繼續閱讀以下段落你會發現，很多情景根本並非我們原本想像的那樣。

（以下節錄自二〇一〇年二月二十二日之內容）

買完東西回家後，我進廚房開門跟七緒說：「今天晚餐我來做。」隨後冰入剛買的豆腐，從蔬果櫃中拿出白菜、茼蒿、舞茸放在冰箱對面的調理台上。

今晚我打算煮之前七緒做給我吃的火鍋。切好菜後，我從冰箱中拿出事先切好的胸肉、腿肉塊開始料理。七緒在背後看著我，似乎很期待我的手藝。

三十分鐘後大功告成。

我牽起七緒的手往起居室走去。

沙鍋裡的白濁湯底是我從昨晚就開始熬的特製肉骨高湯。我戰戰兢兢地將切好的蔬菜、肉塊放進鍋中，就怕沒有七緒煮的好吃。

等肉熟得剛剛好時，我迫不及待地夾起煮得粉嫩的胸肉品嘗，肉汁的香甜瞬間在口中蔓延開來，還真美味。

然而，七緒從頭到尾都沒動筷子。

是因為身體不舒服嗎？她看起來沒什麼血色，真令人擔心。

若讓您感到噁心想吐，我很抱歉。

但事實上，若橋殺害七緒後，確實對她的屍首做出如此慘無人道的事。他會被送交精神鑑定，想必也是因為這個原因吧。

若橋的行為根本就是泯滅人性。

若說他的犯行是出自精神問題，似乎很有道理。

但是，我對這個結論總覺得無法釋懷。

第一，若橋為何要如此大費周章，在報導文學中暗藏「密碼」？第二，殺死七緒難道還不夠嗎？為何還要殘酷虐屍？

除此之外還有一點。

就案發現場找到的七緒親筆信來看，七緒雖然為自己的犯行所苦，卻還是不禁被若橋所吸引。

那麼若橋呢？

雖然他在文章中說自己「已瘋狂愛上七緒」，但這句話可信嗎？

若橋偵訊時強調，自己寫的「字字屬實、毫無虛言」。

竟然如此，他為何殺掉摯愛？甚至對屍體做出慘絕人寰的行為？

若橋是否著了古時日本人的「心中」魔道，因而墜入狂亂的愛情深淵？

還是說，這些行為的背後有不為人知、埋藏在黑暗深處的秘密？

這些答案，只有身在黃泉的若橋知道。

＊　＊　＊

自遇見《卡繆的刺客》已過了四年以上的時間。

這篇曾遭禁刊的作品能成功問世，得歸功於許多相關人士的支持。

在此，我要特別感謝若橋吳成的親人（恕在此無法公布他們的真實姓名），謝謝你們答應讓這本書出版。

以及新潮社的新井久幸先生、堀口晴正先生、大庭大作先生，謝謝你們幫我完成這個不可能的任務。

〔追記1〕

二〇一〇年十二月二十七日凌晨三點左右，在東京都大田區的大井埠頭附近的道路上，發生了一起自用車車禍事故，女駕駛當場死亡。事後證實死者為女星永津佐和子。

因永津血液中測出高酒精濃度，且現場並無煞車痕跡，所以警方判斷車禍原因為：駕駛酒後打瞌睡。最終以意外事故結案。

〔追記2〕

在本書出版的過程中，我為了取得若橋家屬的同意，曾經親自前往若橋的富山老家拜訪。他的親人們盛情提供若橋的遺物，也幫助我順利地完成了這部作品。

此外，在若橋留於看守所的遺物之中，我還發現了一本他在拘留期間所使用的筆記本。

那是一本只有B５大小的大學筆記本。

裡面幾乎全是空白的內容，沒有任何書寫過的痕跡。唯獨只有一頁有著若橋親筆所寫的文章。

上頭的日期寫著二〇一〇年六月二十三日，也就是若橋自殺的前一天。

經我判斷，這是若橋的「遺書」，也是這篇報導文學的最終章。因此我決定將它作為本書的結尾。

〔二〇一〇年六月二十三日（三）〕

難道在現在這個社會，古時的「心中」已不復存在了嗎？

相守以死、至死不渝……這樣的愛情是否已經絕跡，隱身至奇幻小說和童話故事當中了呢？

並沒有。

現在這個社會依然有「相守以死」的愛情。

定情之後，有終極喜悅在等著我們……

雖然只有短短一個月，和七緒同居的這段日子是我生命中最幸福的時光。

所以我才會糾結不已。

之所以會勒住她的脖子，並非出自什麼使命感，而是希望為病痛所苦的七緒可以早日「脫離苦海」。因為七緒在經歷了嚴重的發病當時……曾經要求我「殺了她」。

不知不覺中，我也被愛火燒得滿身瘡痍，就這層意義而言，我真的「已瘋狂愛上七緒」。

採訪過程中，我發現自己犯了天大的錯誤，也因此注意到自己的「宿命」。

雖然我不負所託，達成任務……

卻也不知不覺墜入深淵，必死無疑。

我已經等不及要見新藤七緒了——

看來，我是個失職的卡繆的刺客。

わかはしくれなり（若橋吳成）

編輯補充說明

（本說明涉及關鍵情節設定，請務必在看完全書後再行閱讀）

◎皇冠編輯部

我在作品中安排了幾個把戲。

——若橋吳成

本書在日本出版後，因為作者長江俊和在書中大玩文字詭計，引起讀者在網路上熱烈討論。紀錄片導演熊切敏因為得罪了政界大老神湯堯，神湯便派新藤七緒去刺殺熊切，記者若橋吳成在採訪的過程中，發現了這個藏在「視覺的死角」中不為人知的真相。神湯的日文發音因為近似「卡繆」，所以若橋便將新藤稱為「卡繆的刺客」，並以此作為新書的書名。

但「卡繆的刺客」其實也是指殺了新藤七緒的若橋吳成自己，因為「若橋吳成」的日文拼音「わかはしくれなり」，將其拆解之後，可以重組成「われはしかくなり」，也就是「我是刺客」的意思。「新藤七緒」的日文拼音「しんどうななお」，拆解之後則可以重組成「どうなしおんな」，也就是「沒有身體的女人」。

而日文中的「刺客」、「視覺」、「死角」這些字的發音全部都是「しかく」，就連用來隱藏人物姓名的「□」（四角）的發音也是「しかく」，所以作者刻意用「□」來代替若橋吳成與新藤七緒的真實姓名，其實早已暗示他們全都是「卡繆的刺客」！

除此之外，還有內文中已經解開的「我殺了七緒」、「七緒身首異處」等藏頭訊息，這些令人玩味的「文字密碼」，你都看出來了嗎？

國家圖書館出版品預行編目資料

出版禁止 / 長江俊和 作；劉愛夌 譯. -- 初版. --
臺北市：皇冠, 2016. 4 面；公分. --（皇冠叢書；
第4536種）（奇・怪；18）
譯自：出版禁止

ISBN 978-957-33-3219-0(平裝)

861.57　　105003030

皇冠叢書第4536種
奇・怪 18

出版禁止

出版禁止

作　　者—長江俊和
譯　　者—劉愛夌
發 行 人—平雲
出版發行—皇冠文化出版有限公司
台北市敦化北路120巷50號
電話◎02-27168888
郵撥帳號◎15261516號
皇冠出版社(香港)有限公司
香港上環文咸東街50號寶恒商業中心
23樓2301-3室
電話◎2529-1778　傳真◎2527-0904
總 編 輯—龔橞甄
責任主編—許婷婷
責任編輯—蔡維鋼
美術設計—黃鳳君
著作完成日期—2014年
初版一刷日期—2016年4月
法律顧問—王惠光律師

讀者服務傳真專線◎02-27150507
電腦編號◎512018
ISBN◎978-957-33-3219-0
Printed in Taiwan
本書定價◎新台幣280元/港幣93元